KB140282

자본을 만드는
중국의 상인

자본을 만드는 중국의 상인

상商으로 쩐錢을 지배하는 거상巨商의 공식

박종상 지음 | ㈜탄탄글로벌네트워크

 학자원

중국은 1970년대 말부터 시작된 개혁개방이라고 하는 새로운 경제 시스템이 시작된 이래 경제 분야에서 세계적인 발전을 보이고 있다.

그리고 변화하여 달려온 현재, 중국 경제 시스템은 또다시 새로운 변화를 맞이하였다.

개혁개방 초기 중국 경제에 불이 붙을 수 있었던 밑천이저가 노동력이었다면, 21세기 세계 경제에 불을 붙이고 있는 중국 최고의 무기는 자본이다.

이제 중국 경제는 노동력이 아니라 자본이 경제영역 확장의 최고 무기가 되어 전 세계를 뒤덮고 있으며, 우리나라 또한 중국 자본의 공격을 기다리고 있는 것이다.

중국 경제발전 과정에서 만나는 가장 큰 흐름은 사회주의 공유제(社會主義公有制)에서 시작된 국유기업들의 성장이다.

국가자본과 독점시장을 바탕으로 한 중국 국영기업의 성장과 발전이 중국경제 발전의 동력이 되어 중국경제를 이끌었다고 할 수 있을 것이다.

그러나 다른 한 면에서 나타나는 중국 경제의 발전모델은 국영기업과 대기업뿐 아니라 중국이 예전부터 갖고 있던 상업(商業) 요소들이 중국 시장 곳곳에 스며들어 중국 내수시장을 발전시키고, 중국의 경제를 이끌고 있다는 것이다.

특히 개혁개방 이후 시작된 창업은 무수히 많은 신(新)거상(巨商)과 기업을 등장시켰으며, 지금도 중국에서는 새로운 창업이 중국 경제시장을 확장하고 강화시키는 핵심 주체임을 확인할 수 있다.

중국 경제시장의 이러한 발전모델은 한국이 대기업을 중심으로 경제 규모를 확대 성장시키고, 대기업과 연결된 하청업체들의 경제규모가 확대되면서 경제가 발전하고, 국민경제를 이끌었던 한국의 발전 모델과는 큰 차이점을 보여주고 있다.

중국은 지금도 개인형 기업, 가족형 기업이 계속해서 시장에 등장하여 성장하고 있고, 이들은 상방(商幫)이라고 하는 무리를 이루며 중국의 경제성장을 이끌고 있다.

예를 들어, 세계 시장을 점유하는 중국산 벨트, 라이터, 신발 등의 80% 이상은 아직도 저장성(浙江省)의 원저우(溫州) 상인들이 장악하고 있으며, 그들이 만들어 놓은 점유력을 바탕으로 새로운 시장을 계속해서 확대 개척해 나가고 있다.

그렇다면 그들이 그렇게 시장을 장악하고, 독점하며, 확대해 나갈 수 있는 비결은 어디에 있을까?

이에 대한 해답을 본서는 중국인 특유의 상업정신(commer -cial spirit)에서 찾아, 중국 상인들이 어떻게 상인 네트워크를 형성하고, 큰 시장을 카르텔화(cartelization)하여 시장을 장악하며, 이를 어떻게 새로운 사업 발판으로 삼아 가는지를 알아본다.

상인(商人)이 상방(商幫)을 이루로, 상방이 시장을 장악하는 중국 특유의 경제 메커니즘(economy mechanism)은 중국 경제를 일으키고 유지하는 신비의 구조이며, 상업(商業)과 부(富)를 발전시키는 가장 핵심적 요소가 된다.

그리고 이러한 중국의 상업정신은 중국인들이 공부를 마치고, 또는 공부를 마치기도 전에 창업의 꿈을 품고 매진할 수 있는 가장 기본적인 경제 플랫폼이 되고 있다.

중국과 이웃한 우리나라는 상업, 무역, 창업과 같은 경제의 큰 틀에서 중국과 역사적으로 큰 영향을 주고받으며 살아왔다.

그러나 결과적으로 우리나라는 중국과는 더 구별되고, 더 차별된 상업정서를 교육받아 왔다.

예를 들어 우리는 사업을 하려면 절대로 동업(同業)은 하지 말라고 배운다. 친구에게 차라리 돈을 그냥 줄지언정 빌려주지는 말라고 배운다.

왜냐하면 동업의 결과에 따라 빌려준 돈이 돌아오지 않는 것은 물론이고, 동업의 결과로 인해 친구와 돈을 모두 잃을 수 있기 때문이다.

인생의 가치와 경제적 가치의 관점에서 친구와 돈을 지키기 위해 동업을 하지 말라고 가르치는 것이다.

그러나 중국 상인들은 이와 완전히 상반된 내용들을 배우고 익힌다.

사업은 친구와 형제가 함께해야 하고, 사업을 통해 발생한 이윤(利潤)과 이득(利得)은 혼자 담지 말고 반드시 친구와 함께 나누어 담으라고 배운다.

왜냐하면 친구와 형제가 함께할 때 성공 가능성은 더 높아지고, 성과를 함께 나눌 수 있을 때, 시장은 더욱 확대되고, 공고해질 수 있기 때문이다.

그렇다면 중국인들이 '사업은 친구와 형제가 동업을 해야 한다'고 배우는 가장 큰 이유는 무엇일까?

역설적이게도 최종 목적은 우리와 동일하다. 친구를 잃지 않고, 돈을 잃지 않기 위해서이다.

그리고 더 나아가 친구와의 관계를 더욱 강화하고, 더 많은 돈을 벌기 위해서이다.

본서는 중국인의 상업정신을 하나하나 살펴보면서, 중국인들의 상도(商道)와 상술(商術)을 체득하고 중국 상인들이 상전(商戰, 장사의 전쟁)에서 어떻게 자본을 만들고 활용하는지 살펴본다.

그리고 최종적으로 중국의 상업이 발전하는 원리와 상업의 열매를 우리가 어떻게 함께 나눌 수 있는지를 분석하였다.

지금 우리나라의 경제성장 동력은 포화(飽和)의 늪에 빠져있다. 이에 우리는 한반도뿐 아니라 중국, 그리고 세계를 무대로 창업을 준비하고 그들과 사업의 길을 동행하여야 할 것이다.

　　창업을 준비하고, 중국인과 동행하며 중국대륙을 상대로 큰 꿈을 꾸고 있는 기업인들에게 본서『자본을 만드는 중국의 상인―상(商)으로 쩐(錢)을 지배하는 거상(巨商)의 공식』을 올린다.

2018년 4월
박종상

중국 상인들의 돈 버는 비법

'비단장수 왕서방'은 한국 근대소설에 종종 등장하는 전주(錢主)의 대명사라 할 수 있습니다. 보통 돈을 이용하여 자신의 이익을 쟁취하는 인물로 묘사되어왔지요. 이러한 까닭인지는 몰라도, 우리는 중국 상인들에 무의식적인 반감과 두려움이 있습니다. 그런데 이 중국 상인들은 어떻게 자본을 만들었을까요? 부정적인 인식이 강한 것에 비해 우리는 이들이 어떻게 돈을 벌고, 자본을 만드는지에 대해서는 사실 생소한 편입니다.

중국 전문가 박종상 박사와 ㈜탄탄글로벌네트워크가 공동 기획하고, 박종상 박사가 저술한 『자본을 만드는 중국의 상인』은 우리가 평소 잘 알지 못했던 중국 상인들의 자본을 만드는 그들만의 신기한 비법에 대해 소개하였습니다. 중국 상인들의 돈 버는 비법은 오묘하기만 합니다. 부유한 가정환경? 고급의 학력? 혁신적인 아이디어? 우리에게는 일반화되어버린 비즈니스 성공의 조건들이 중국 상인들의 그 비법과는 사뭇 다른 것 같습니다. 뜻이 맞는 친구와의 동업, 사유방식의 전환, 견딤의 미학, 모방과 변화를 통한 기회의 확보, 그리고 정치에 대한 이해까지 중국 상인들의 돈 버는 비법은 마치 과거 사자성어의 고사(故事)를 읽는 기분입니다.

그런데 중국이 핀테크, 인공지능(AI), 로봇 등 선진 제조업 육성에 박차를 가하고 있는 오늘날, 과연 이러한 중국 상인들의 비법이 통할까요? 놀랍게도 박종상 박사는 이 과거의 비법을 금과옥조로 활용하는 오늘의 중국 상인들의 이야기를 소개하고 있습니다. 적어도 13억 이상의 인구가 역동적으로 살아가는 오늘의 중국 비즈니스 환경에서는 과거와 현재, 미래를 관통하는 중국 상인들의 자본을 만드는 방법은 크게 달라지지 않은 것 같습니다.

이제 중국은 자국 시장만이 아닌 주변 아시아와 유럽, 아프리카, 중동, 남미 등지까지 눈을 돌려 과거 실크로드길과 해상 교역로를 일대일로(一帶一路)로 통칭하여, 자국 상인들의 진출을 독려하고 있습니다. 21세기 왕서방들이 그들의 돈 버는 비법을 무기로 이제 세계로 나아가고 있는 것입니다.

그러나 우리는 이제 과거처럼 잘 모르는 채로 중국 상인들을 두려워하기만 할 필요는 없을 것 같습니다. 이 책을 통해서 바로 이 중국 상인들의 자본을 모으는 방법에 대해 알 수 있기 때문입니다. 나아가 이 책을 통해 한국의 상인들도 중국 상인들과 함께 교류하고, 비즈니스 기회를 탐색하여 중국과 일대일로(一帶一路) 지역, 글로벌 시장에서 함께 윈-윈할 수 있는 성공의 기회를 마련할 수 있을 것으로 기대되기 때문입니다.

2018년 5월

㈜탄탄글로벌네트워크

대표이사 김준영

제3편 영원한 거상을 위해서는

제1편

상인의 탄생

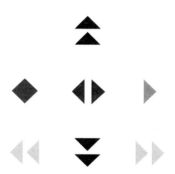

I

동업자를 형제로 만들 수 있는 상인만이
천하를 무대로 꿈을 펼칠 수 있다.

가족관념지상家族觀念至上이요,
군체정신위선群體精神爲先이라.

친구를 가족으로 생각하는 관념을 최고의 가치로 두고,
함께하는 정신을 우선으로 하라.

■ 중국 상인이 신봉하는 '강아지 형제 경제' 모델

약육강식(弱肉强食)과 적자생존(適者生存)의 세계인 초원
에 부모로부터 이탈된 3마리의 형제 개(犬)가 남게 되었다.

부모와 떨어진 3마리 형제 개는 부모를 찾고 찾다가 배
고픔에 굶주리게 되었고, 마침내 들판에 서서 스스로 먹을
것을 해결해야 한다는 사실을 깨닫게 된다.

아무에게도 의탁할 곳이 없다고 판단한 형제 개 3마리는
이제부터 스스로 주인이 되어야 한다고 생각했다.

형제 개들은 스스로 주인이 되기 위해 제일 먼저 무엇을 해야 할지, 그들 자신이 본능적으로 알고 있었다.

형제 개들이 스스로 주인이 되기 위해 제일 먼저 해야 할 일은 서열(序列)을 정하는 것이었다.

맏형이 정해지고, 둘째가 정해지고, 그리고 막내가 정해졌다.

서열을 정한 형제 개들이 해야 할 다음 일은 자신들이 정한 서열에 따라 각자 해야 할 일을 지정하는 것이었다.

바로 이때, 먹을 것을 찾던 형제 개 3마리는 무리에서 떨어진 한 마리의 얼룩말을 발견한다.

형제 개 3마리에게 기회가 찾아 온 것이다.

왜냐하면 무리와 떨어진 얼룩말의 큰 약점이 형제 개들에게 이미 노출되었기 때문이다. 무리에서 떨어진 얼룩말의 약점은 그가 혼자라는 것……

형제 개 3마리가 순식간에 얼룩말에게 달려들었다.

언뜻 보기에는 3마리 형제 개가 한꺼번에 무작정 얼룩말에게 달려드는 듯했다.

그러나 그렇지 않았다. 형제 개 각자에게는 이미 자신만의 타깃 범위(target range)가 정해져 있었다.

먼저 맏형 개는 가장 중요한 부위로 판단된 얼룩말의 목을 향해 달려들었다.

공격 중에 반격을 당할 위험성이 가장 큰 부위지만 그곳이 얼룩말의 가장 중요한 숨통이니 힘이 강한 맏형이 그 부위를 맡기로 한 것이다.

얼룩말의 목 부위를 향해 달려가는 맏형 개는 남은 동생들이 무엇을 할지, 얼룩말의 큰 덩치에 놀란 동생 개들이 뒷걸음을 치지는 않을지 하는 걱정 따위는 하지 않았다.

그저 얼굴말의 목덜미만 보고 달려들었다. 형제 개들과 약속한대로 얼룩말에게 달려가 미끈하게 생긴 얼룩말의 목을 물어뜯었다. 다른 곳은 보지도 않았다. 그냥 있는 힘을 다해 얼룩말의 목 부위만을 물었다.

큰형이 얼룩말의 목덜미를 보고 달려가자 둘째 개도 얼룩말을 향해 달려들었다.

큰형 개가 목 부분을 잘 물어뜯는지 지켜볼 이유가 없었다. 왜냐하면 둘째 개는 이미 큰형 개로부터 얼룩말의 엉덩이 부분을 물어뜯으라는 지시를 받았기 때문이었다.

둘째 개는 맏형 개에게서 받은 지시에 따라, 다른 곳은 보지도 않고 얼룩말을 향해 달려들었고, 형이 얼룩말의 목을 물어뜯을 때쯤, 형보다 한발 더 나가 뒤로 날렵히 돌며 얼룩말의 엉덩이를 물어뜯었다.

다리가 한참이나 길고 덩치도 훨씬 컸지만, 앞뒤에서 예상치 못한 개들의 협공을 받자 얼룩말은 깜짝 놀랐다.

얼룩말이 당황해 깜짝 놀란 기색을 하며 큰형 개와 둘째 형 개를 방어할 때쯤, 막내 개 또한 얼룩말을 향해 달려들었다.

막내 개는 다른 곳은 보지도 않고 그저 얼룩말의 배를 향해 무작정 돌진해서는 얼룩말의 배를 꽉 물고 놓지 않았다.

얼룩말은 한 번, 두 번은 피했으나, 세 마리 개의 공격이 앞뒤에서 계속되자 순식간에 개 형제들에게 물어 뜯기게 되었다.

목덜미와 둔부(臀部), 그리고 복부(腹部) 부분을 꽉 물린 얼룩말은 깜짝 놀라 한 두 걸음 뒷걸음을 치더니 많이 가지도 못하고 기어이 바닥에 푹하고 쓰러지고 만다.

얼룩말이 쓰러졌다. 그러나 3마리 형제 개는 여전히 다른 곳 어디에도 눈길을 주지 않고, 처음에 약속한 대로 그곳만을 물고 뜯고 있었다.

얼룩말의 몸 여기저기에서는 출혈(出血)이 점점 더 심해지고 있었다. 그리고 조금씩 숨통이 막혀가며 호흡이 정지되고 있는 것을 스스로 느낄 수 있었다.

그래도 세 마리 형제 개는 여전히 미동(微動)도 하지 않고, 물고 있던 부위를 여전히 힘껏 물고 있을 뿐이었다. 세 마리 개는 모두 배가 고팠다.

그러나 그 누구도 얼룩말을 먼저 먹으려 하지 않았다. 그저 처음에 약속한대로 처음에 물었던 그곳을 꽉 물고만 있을 뿐.

시간이 지나 맏형 개는 얼룩말이 더 이상 움직일 수 없다는 것을 감각적으로 느낄 수 있었다. 그리고는 꽉 물고 있던 얼룩말의 목덜미를 서서히 풀었다. 나머지 두 형제 개들도 형을 따라 입을 천천히 풀었다.

얼룩말이 자신들의 먹거리로 변해버린 것을 확인한 3마리 형제 개들은 그제야 초원의 풍성한 만찬을 시작했다.

미끈한 큰 덩치의 얼룩말이었지만, 얼룩말은 똘똘 뭉쳐 덤벼드는 3마리의 형제 개들을 이겨내지 못하고 초원에서 형제 개들의 식사감이 되었다.

위에서 서술한 형제 개와 얼룩말의 이야기는 초원에서 벌어지는 약육강식의 이야기를 자연스럽게 전하고 있다.

그러나 이 이야기는 사실 중국 상인들이 신봉(信奉)하는 「강아지 형제 경제(小狗經濟, 소구경제)」 이야기이다.

중국 상인들은 강아지 형제의 경제 이야기를 매우 중시 여긴다.

왜냐하면, 강아지 형제의 경제 이야기 속에는 중국 상인들이 언제 창업을 하고, 어떻게 성과를 만들어내며, 그 성과를 어떻게 나누어야 하는지가 명확하게 나타나기 때문이다.

중국인들의 삶의 목표는 창업이다. 지금 다니고 있는 대기업이나, 유명회사에 입사하여 받는 월급이 자신들의 안정되고 행복한 삶을 영유(永有)시켜 줄 것이라 생각하지 않는다.

그래서 직업에 대한 중국인들의 목표는 늘 창업이다. 좀더 정확히 말하자면, 자신의 능력범위와 규모에 맞는 창업이다.

그리고 창업한 기업을 기반으로 삼아, 국가에 애국을 하고, 주위 사람을 도우며 영향력을 확대하고, 자신의 꿈을 펼쳐 나가는 것이다.

그렇다면, 중국인들은 언제 창업을 할까? 아무 때나 창업하지 않는다. 반드시 그 조건이 성숙되었을 때 창업을 한다.

그러면, 성숙된 창업의 조건은 무엇일까? 중국인들의 그 창업 조건을 한번 살펴보도록 하자.

■ 친구, 형제 그리고 창업의 조건

중국인들은 언제 창업을 할까? 자금이 모아졌을 때 창업을 한다?

그렇지 않다. 왜냐하면 얼마를 모았던 간에 중국이라고 하는 커다란 시장에서 당신이 소유한 창업자금은 상대적으로 무조건 적은 금액이다.

자본금이 있다면 그 자본금만큼의 장사규모를 꿈꿔볼 수는 있겠지만, 그 자본이 얼마든 간에 창업할 시기에 이른 것은 아니다.

그렇다면, 좋은 아이템(item)이 발견되었을 때?

그렇지 않다. 그 아이템이 무엇이든 간에 시장에 공개되는 순간 내 것이 아닐 수도 있다. 아이템이 사업을 진행하는 중요한 전략 방향이 될 수는 있겠지만, 아이템은 창업을 돕는 작은 아이디어(idea)에 불과하다.

그러면, 오랜 경험을 통해 내가 어느 부분의 시장을 완전히 이해하였을 때 창업을 한다?

이 또한 그렇지 않다. 내가 무엇을 얼마큼 이해하였던 간에 시장은 너무도 크고 다양하기 때문에 내가 알고 있는 방향으로만 시장이 돌아간다고 그 누구도 보장할 수 없다.

따라서 시장에 대한 깊은 이해가 시장(市場) 강화를 위한 통찰을 이끌어 줄 수는 있겠지만, 아직 창업의 조건이 완전히 무르익은 것이 아니다.

그렇다면 중국 상인들이 창업을 결정하는 최상의 시기는 언제일까? 중국 상인이 창업을 결정하는 최상의 시기는 좋은 친구들이 확보되었을 때이다.

왜냐하면, 친구가 확보되었을 때 비로소 자금도 모을 수 있고, 다양한 아이템을 공유할 수 있으며, 연합(聯合)을 통해 내가 모르는 무한의 어려움을 극복할 수 있기 때문이다.

직업에 대한 중국인들의 목표는 창업이고, 창업의 조건은 친구들이 확보되었을 때이다. 내가 얼마나 미약한 상인(商人)인지를 깨달았다면, 사업의 절반은 이미 성공한 것이다. 마음의 방향을 친구에게 돌려라. 친구들과 형제가 되어 함께 목표를 세우고 함께 일을 추진할 수 있는 능력이 나머지 절반을 성공으로 채워 줄 것이다.

친구가 만들어졌다는 의미는 마음을 트고 정서를 공유(共有)할 수 있다는 말이다.

그러나 중국 친구들 간의 정서적 공유란 하나를 벌어 각각 반으로 나누어 갖겠다는 그런 물질적 나눔의 공유가 아니다.

정서적 공유란 내가 무조건 너의 편이고, 네가 무조건 나의 편이 되어 변하지 않을 것이라고 하는 믿음이다.

왜냐하면 나는 반드시 너의 편, 너는 반드시 나의 편이라고 하는 정서적 공유가 믿음을 만들어 내고, 우리는 변하지 않고 함께 갈 수 있다고 하는 의식이 다양하고 광활한 중국에서 나를 지켜낼 수 있는 유일해법이 될 수 있기 때문이다.

■ 동업에 성공하는 상인이 큰 사업을 성공으로 이끈다

책 서두에서 제일 먼저 강아지 형제의 경제 이야기를 서술하였다. 중국인들이 강아지 형제의 사냥 이야기인 소구경제(小狗經濟)를 중시하는 이유는 그 속에 중국 상인들이 갖고 있는 응집력이 들어 있기 때문이다.

형제 개들은 스스로 독립하여 주인이 되어야 한다고 생각하고 제일 먼저 서열을 정하였다.

그러나 여기서 서열의 의미는 높고 낮음의 의미가 아니라 조직 내에서 일의 순서이다. 일정한 절차를 통과하여 우리 조직에 입성했다는 의미와 우리조직의 일원이 되어 우리 조직에 설자리가 마련되었다는 의미이다.

이는 함께 일을 할 수 있다고 하는 믿음을 공유하기 시작한 것이고 일을 함께 함에 있어, 조직의 룰(rule)에 따른 분업화와 분업과정에서 자신의 역할이 주어진 것을 의미하게 되는 것이다.

함께 일을 한다는 말의 뜻은 이제부터 나는 없고 너와 내가 함께하는 나보다 커진 우리가 만들어졌다는 뜻인데, 우리를 만든 후에 자신의 위치를 다하지 못하면 조직은 큰 위해를 받을 수 있게 된다.

예를 들어 "나는 나의 역할을 충분히 다해 이 만큼의 이익을 남겼으니, 스스로 만족하고 그만 물러나겠다."라고 한다든지, 또는 거꾸로 "나는 이만큼의 손해를 봤으니 조건 없이 그만 하겠다."라고 한다면, 결과적으로 개인은 상인 간에 지켜야 할 역할을 회피하게 되는 것이고, 함께 일을 진행했던 모두에게 큰 위해를 가할 수 있게 된다.

따라서 일을 함께 한다는 건, 결과에 따라 본인이 손해를 보거나 이득을 볼 수 있는지 여부를 객관적으로 혼자 예측하거나 향유하는 것이 아니고, 너와 내가 함께 결과를 나누고, 함께 한다는 것을 의미한다.

강아지 형제의 이야기는 중국 상인들이 먼저 친구가 되고, 형제가 되어 단합된 협력의 힘을 만들고, 일을 진행함에 있어서는 정확한 분업을 통해 각자에게 부여된 일에 최선을 다하며, 함께한 사람들 사이에서 최종의 이익이 선포될 때까지 기다릴 수 있는 것을 의미한다. 그리고 그 결과에 따라 공존공영(共存共榮)을 하는 것이다.

세상 모든 사람들이 생각하는 것처럼, 중국인들도 중국은 크고, 사람이 많기 때문에 엄청난 다양성이 존재하고 있다고 생각한다.

그리고 그 많은 사람들 가운데에서 일어나는 사람들과의 관계를 객관적으로 보면, 다양성이 맞다.

그러나 나를 중심으로 한 주관적 관계로 보면, 사람들과의 관계 가운데, 누가 나와 맞서는 적(敵)이 될 수 있을지 알 수 없는 것이고, 누가 나의 친구(붕우, 朋友)가 될 수 있을지 알 수 없는 것이다.

그렇기 때문에 중국은 나를 중심으로 변하지 않는 절대적 조직을 필요로 하며, 그렇기 때문에 지역, 학교 등을 중심으로 우리는 타조직과는 다르다고 하는 차별화된 친구와 형제가 만들어지는 것이고, 상업에서도 믿을 수 있는 형제들과의 분업을 통해 일을 진행해 나갈 수 있는 것이다.

자신의 이름으로 사업을 하는 상인이 되어, 거상(巨商)을 꿈꾸며 한 평생을 살아가기로 결심하였는가?

제일 먼저 해야 할 일은 나 혼자 할 수 있는 일이 얼마나 미약하고 보잘 것 없는지를 깨달아야 할 것이다.

그리고 내가 얼마나 미약한지를 깨달았다면, 친구들과 형제가 되어 함께 목표를 세우고 함께 일을 추진할 수 있어야 한다.

내가 아닌 친구와 함께, 형제와 함께 유효한 생산력과 핵심 역량을 갖고 종합적으로 사업을 추진해 나간다면, 내 시

장은 더욱 견고하게 될 것이고, 최종적인 가치는 더욱 증가
하게 될 것이다.

이것이 바로 중국 상인들이 혼자 사업을 하지 않고, 동업
을 하는 이유이며, 내 곁에 늘 친구를 두는 이유이다.

가족관념지상(家族觀念至上)이요,
군체정신위선(群體精神爲先)이라.

친구를 가족으로 생각하는 관념을 최고의 가치로 두고,
함께하는 정신을 우선으로 하라.

동업자를 가족과 같은 형제로 만들 수 있는 상인만이 천
하를 무대로 큰 꿈을 펼칠 수 있을 것이다.

II

직업에는 귀천이 있을 수 있어도
장사에는 귀천이 없다.

즉사직업유고저지분卽使職業有高低之分이라도,
상업각시몰유귀천지분商業却是沒有貴賤之分이라.

설사 직업에는 귀천이 있다고 하더라도 장사에는 귀천이 없느니라.
지금 당장 내가 할 수 있는 일부터 시작하라.

■ 성공한 상인과 성공하지 못하는 상인의 사유(思惟) 차이

성공한 상인과 성공하지 못한 상인 사이에는 어떠한 차이가 있을까? 늘 재물을 쫓지만 손에 쥐고 있는 것은 없는 상인과 큰 것을 쥐고 있는 거상(巨商) 간에는 어떠한 차이가 있을까?

사람들은 성공한 상인과 성공하지 못한 상인과의 차이를 어떠한 사업을 선택하고, 어떤 물건을 만들었는지, 그리고 어떤 물건을 판매하였는지의 결과로 생각할 것이다.

그러나 성공한 상인과 성공하지 못한 상인과의 가장 큰 차이는 내가 어떤 종류의 물건을 팔았고, 얼마만큼의 규모를 움직였는지가 아니라 상인이 갖고 있는 사유(思惟)의 차이에 기인한다.

가난한 상인은 늘 생각한다.

사업을 크게 해야 큰돈을 벌 수 있지! 그러나 나는 자본이 없으니 큰 사업을 할 수가 없겠구나! 나는 왜 돈이 없을까?

내가 할 수 있는 사업과 내가 할 수 있는 일의 규모가 너무 작고, 초라해 보이며, 심지어 창피한 느낌마저 드는구나! 큰돈을 벌어야 하는데 어떻게 할 수 있을까? 작은 사업을 계속 하기에는 창피하고, 내가 무엇을 해야 돈을 벌수 있을까? 하고 생각한다.

이렇게 생각하는 이유는 규모를 기준으로 큰 사업과 작은 사업을 나누고, 사업을 통해 사회적 체면을 함께 살려야 한다고 생각하기 때문이다.

그러나 중국 거상들은 사업의 시작을 규모로 생각하지 않는다. 직업에는 귀천(貴賤)이 있어도, 장사에는 귀천이 없다고 하는 것이 거상들의 핵심 가치이다.

장사에는 귀천이 없다고 하는 절대사유(絶對思惟)가 중국 상인들로 하여금 모든 것을 가능케 하는 것이다.

사업의 규모는 중요치 않다. 무엇을 하는지는 더 더욱 중요치 않다.

어떠한 사업을 하든지 수익을 발생시킬 수만 있으면 되는 것이고, 돈을 버는 것이 상업의 목적이지 장사를 통해 체면을 살리는 것이 상업의 목적이 아니다.

상인에게 상업의 목적은 돈을 버는 것이지 체면을 살리는 것이 아니다. "내가 어떤 일을 해야 다른 사람의 눈에서도 나의 체면이 유지될 수 있을까?" 하는 그런 생각은 버려라.

중국 상인에게 있어 장사의 높고 낮음은 없다. 장사에서 귀천(貴賤)이 있다는 생각은 어디에도 없다.

문제는 돈을 벌수 있는지 없는지 여부이며, 가장 중요한 것은 내가 그것을 왜 할 수 없는가이다.

왜냐하면, 상인은 돈이 된다면 조건 없이 무엇이든 할 수 있기 때문이다. 돈이 되는지 여부가 일을 할지 말지의 조건이 될 뿐이다.

■ 가장 기본적인 시장도 당신의 정열이 합쳐지면
  큰 기회가 될 수 있다

중국 상인정신을 나타내는 말 중에 오파도자(五把刀子)라
는 말이 있다.

아래에서 상술하겠지만, 오파도자란 5개의 칼을 얘기하
는 것으로서, 우리 생활에서 가장 기본이 되기 때문에 이미
시장이 꽉 차고 틈이 없어, 이미 완성된 시장으로 느낄 수
있을 것 같지만 5개의 칼에 자신의 정열이 합쳐진다면 얼마
든지 사업을 시작할 수 있고, 돈을 벌 수 있다는 말이다.

5개의 칼이란 채도(菜刀, 요리 칼), 전도(剪刀, 가위), 벽도
(劈刀, 등이 두툼한 것을 쪼개는 칼), 체도(剃刀, 이발·면도용 칼),
나사도(螺絲刀, 드라이버) 등 우리의 일상생활과 가장 가까운
5개의 기본 공구를 말한다.

채(菜)란 채소, 야채를 말하는 것으로 반찬과 음식을 만
들 때 사용하는 부엌용 요리 칼을 채도(菜刀)라 한다.

먹는 일은 중국인뿐만 아니라 어디의 누구라도 필요로
하는 일이니 아무리 시장이 완성되어 있다고 하더라도 늘
수요가 있으며, 채도를 이용한 요식업은 언제 어디서도 시작

해 볼 수 있는 사업이다.

전도(剪刀)란 가위를 뜻하는 것으로, 전도를 이용하여 옷을 자르고 새로운 옷을 만들 수 있다면, 삶의 가장 기본이 되는 업종에서 당신은 수요자가 아닌 공급자가 될 수도 있다.

옷은 늘 우리 생활과 함께 해야 하는 일이니 가위 칼, 즉 전도(剪刀)에 상인의 정열이 더해진다면, 의류, 패션업 등을 시작할 수 있다.

벽(劈)이란 쪼개고, 가르고, 깨트린다는 뜻으로 두툼한 것을 자르는 칼을 벽도(劈刀)라 한다.

보통 구두를 수선할 때는 송곳과 같이 집중적으로 힘이 들어가야 하기 때문에 작은 벽도를 이용하여 가죽을 자르고 밑창을 만드는데, 벽도에 의지하여 신발산업을 시작할 수 있다는 말이다.

체(剃)란 머리카락을 자른다는 뜻으로 이발소에서 이발사가 사용하는 칼을 체도(剃刀)라 한다. 체도만 있으며, 언제라도 주위 사람들을 수요자로 변화 시킬 수 있으니 이발업을 시작할 수 있다는 뜻이다.

마지막으로 나사도란 나사(螺絲)와 칼(刀)이 합쳐진 말로 중국에서는 나사(screw)를 돌리는 칼 즉, 드라이버(screw-driver)를 나사도(螺絲刀)라고 한다. 드라이버와 같은 공구만 있으면, 어디서든지 물건을 수리해 주고 수리업을 할 수 있으니 드라이버(나사도)를 이용하면, 주변의 기구를 사용하는 모든 기계를 관리하는 사업을 시작할 수 있다는 말이다.

오파도자(五把刀子)의 5가지 칼은 주변에서 내가 만날 수 있는 시장에서부터 시작할 수 있고, 내가 시장을 직접 형성할 수 있다는 공통점이 있다.

오파도자의 시장은 과거로부터 수요와 공급이 늘 함께 해왔기 때문에 시장을 새롭게 개척해야 하는 입장에서 보면 상당히 어려운 분야일 것이다.

그러나 시장이 이미 형성되어 있다고 하더라도 오파도자의 시장은 모든 사람들이 반드시 필요로 하는 필수 아이템이기 때문에 기회 또한 늘 생겨날 수 있고 언제든지 사업을 시작할 수 있을 것이다.

단, 이미 시장이 형성되어 있고, 많은 자본을 필요로 하지 않는 사업에는 반드시 상인의 정열과 성실이 포함되어야 할 것이다. 왜냐하면 정열과 성실이 이미 만들어진 시장을 개척하고, 작은 자본으로 시작하는 상업의 어려움을 극복할 수 있는 유일한 방법이기 때문이다.

따라서, 중국에서 오파도자란 상인이 할 수 있는 5개의 사업 분야를 말하는 미시의 개념이 아니라 사업을 시작함에 있어서 귀천을 따지지 않고, 본인이 할 수 있는 분야에서 창업을 시작한다는 거시적 상인정신을 뜻하는 것이다.

돈을 벌수만 있다면 어떠한 아이템에서 어떠한 방법을 쓰든지 간에 자신의 성실과 정열로 사업을 시작한다는 의미이다.

신발, 이발소 등이 체면을 구기는 업종이라고 생각할 수 있겠지만, 이 분야가 내가 사업을 시작할 수 있는 분야라면 그 분야에서 시작을 하여 조금씩 시장을 넓혀가면서 성장할 수 있을 것이고, 다른 사람들이 원하지 않는 영역이라면, 오히려 나의 경제 범위로 더 쉽게 포함시킬 수 있을 것이다.

거상(巨商)을 꿈꾸는 중국 상인에게 중요한 것은 남들에게 보여지는 체면이 아니고, '내가 무엇을 할 수 있는가?'라고 스스로에게 던지는 질문이며, '내가 얼마큼의 정열로 그 일을 해 나갈 수 있는가?'라고 하는 물음에 실천으로 답하는 것이다.

■ 시작하라. 1원의 수익이 시작된 후에야
비로소 1억의 수익이 있을 수 있다

중국 변압기 생산 1위 등 주요 전기제품을 생산 판매하고 있는 중국 정타이(正泰集團) 그룹을 일으킨 난춘후이(南存輝) 회장은 오파도자(五把刀子) 업종인 신발 수리공으로 시작해서 현재의 정타이 그룹을 일으킨 것으로 유명하다.

정타이 그룹은 현재 고용직원 3만여 명, 중국 민영기업 재계 300위의 대기업이지만, 난춘후이 회장은 젊은 시절 신발을 만들면서 지나온 일들과 배운 것들이 지금의 큰 재물을 마련하는 가장 기초가 되었다고 말한다.

난춘후이가 중학교 졸업을 앞두고 있던 시기, 난춘후이의 부친이 갑작스런 다리 골절사고를 당해 최소 2년의 치료와 요양이 필요하다는 진단을 받고 병석에 눕는다.

그리고 얼마 지나지 않아 모친의 건강 상태도 급격히 쇠약해지면서 집안의 경제수입이 모두 막히게 되었고, 난춘후이는 어려운 가정의 소년 경제가장이 되어 부모님과 동생들을 돌봐야 하는 책임을 맡게 된다.

어렵게 중학교를 졸업한 청년 난춘후이는 학교 진학의

꿈을 접고, 돈을 벌기 위해 사회에 던져지는데, 첫 번째 직업으로 신발수리공의 길을 선택하게 된다.

그 후 난춘후이는 자신이 어떠한 일을 하고 있는지를 스스로 지켜보지 않았다. 신발 수리공을 할 수 있었기 때문에 그 일을 통해 집안의 배고픔을 해결하려 했고, 그저 열심히 신발을 고쳤을 뿐이다.

신발 수리공으로서 3년의 시간이 흘렀으나 모여진 돈은 없었다. 그러나 신발 수리공 3년의 생활은 병으로 누워계신 부모님을 대신하여 집안의 생활비를 벌어 가정을 유지할 수 있었던 시간이었고, 부친의 병을 회복시키는 시간이 될 수 있었으며, 장사를 함에 있어 무엇이 가장 중요한지를 배울 수 있는 3년이었다.

신발을 고치며 난춘후이는 한 번 찾아온 손님이 다시 찾아올 수도 있다고 하는 대단한 원리를 깨닫게 되는데, 손님이 다시 찾아오는 이유는 다름 아닌 그가 정성껏 고친 신발의 품질 때문이었던 것이다.

더 좋은 품질만이 시장에서 계속해서 살아남을 수 있다는 시장의 법칙과 성실(誠實)로 상인의 도리(道理)를 깨우치게 된 것이다.

그러던 중 중국의 개혁개방이 시작되고, 1980년대에 들어서면서 난춘후이의 고향인 원저우 류스진(溫州市柳市鎭)도 급격한 변화를 맞이하게 되는데 가전산업이 급성장을 하고, 가전전기의 보급이 급속하게 확대되기 시작한 것이다.

난춘후이는 세상의 변화에서 기회를 읽었다. 그리고 난춘후이는 세 명의 친구들과 함께 류스진(柳市鎭)에서 전기제품 판매대를 시작했다.

제일 먼저 판매한 제품은 가장 간단한 전기제품인 버튼식 등(燈)이었다.

일이 얼마나 바빴는지 매일 새벽 3시까지 일을 하며 첫달을 보냈는데, 개업 첫 달을 결산해 보니 4명이 함께 한 수입이 35위안(元)이었다.

수입만으로 봐서는 모두들 실망할 수밖에 없었다. 그러나 난춘후이는 오히려 무척이나 기뻤다.

많은 돈은 아니었지만, 돈이 움직이는 길에 내가 진입하였음을 알았고, 한 달을 일을 해서 35위안의 수익을 얻었으니, 다음 단계는 어떠한 일을 해야 하는지를 알 수 있었기 때문이다.

중국 경제가 급격하게 변하고 있음을 느낀 난춘후이는 1984년 친구 후청중(胡成中)과 전기 버튼 공장을 설립하기로 결심한다.

집안의 모든 물건을 저당 잡혀 5만 위안의 창업 자금을 조달했다. 그리고 동업자 후청중이 함께 투자한 5만 위안을 합쳐 가내 수공업형태의 작은 버튼 공장을 만든다.

직업에는 귀천(貴賤)이 있어도, 장사에는 귀천이 없다. 사업이란 '내가 무엇을 할 수 있는가?'라고 스스로에게 던지는 질문이며, '내가 얼만큼의 정열로 그 일을 해 나갈 수 있는가?'라고 하는 물음에 실천으로 답하는 것이다. 도전이 없으면, 시작이 없고, 시작이 없으면 성장이 없다.

시작 단계에서는 당연히 어려움이 많았다.

기술, 품질, 설비 등 그 모든 것이 낯설었고, 시장에 대한 이해는 절대적으로 부족했다. 많은 고비와 아픔을 감당해야만 했다.

그런 가운데서도 난춘후이는 시장이 필요로 하는 가치를 생각했다.

생산공장에서 인재가 중요하다고 생각한 난춘후이는 인재를 모았고 인재들을 통해서 제품을 만들었다. 시장이 커질수록 제품에 대한 갈증은 더 커져만 갔고, 엔지니어에 대한 더 갈망은 더욱 커지기 시작했다.

마침내 상하이(上海)에서 엔지니어들을 모서와 품질을 극복하고 시장에서 평가를 받게 되었는데, 그렇게 시작한 공장이 바로 치우징(求精)버튼 공장이다.

치우징(求精) 버튼 공장이 바로 중국 민영기업 순위 300위권 규모인 정타이(正泰) 그룹의 모태가 되며, 당시 창업을 함께한 친구가 바로 현재 더리시(德力西)그룹의 후청중 회장이다.

난춘후이 회장은 신발 수리공으로 사회생활을 시작해 대

기업의 회장이 되었다.

그러나 난춘후이는 자신의 사업을 얘기 할 때면 자신은 여전히 작은 신발 수리공 출신이라고 말한다.

왜냐하면, 신발 수리공은 자신이 세상을 향해 던졌던 창업의 시작이었고, 고난 극복의 정신을 배울 수 있었던 시간이었기 때문이다.

중국의 상인들은 인생의 방향을 자주(自主 먼저 창업을 하고) → 자립(自立 힘을 키우고) → 창립(創立 기업과 힘을 확장하고) → 기업대표의 순으로 정하고 살아간다.

당신이 만약 상인이 되어 최고의 가치를 찾고 있다면, 자신이 할 수 있는 그것에 최선의 가치를 두어라. 왜냐하면 직업에는 설사 귀천이 있다고 하더라도 상업에는 귀천이 없기 때문이다.

무엇을 해서 돈을 벌수 있을지, 무엇을 해서 성공할 수 있을지 걱정하지 말라.

내가 하는 일이 최고의 길이고, 미래의 길이며 내가 할 수 있는 길이라고 생각했다면, 사업은 이미 시작된 것이다.

시장에 어떤 공간이 남아 있는지를 걱정하지 말고, 내가 어떠한 일을 먼저 할 수 있는지를 고민하자.

사업의 시작은 내가 일을 착수함으로서 시작되는 것이고, 돈을 버는 것은 1원을 버는 것에서부터 시작되는 것이다. 도전이 없으면, 시작이 없고, 시작이 없으면 성장이 없다. 지금 1원의 수입을 올릴 수 없다면, 내일 더 큰 수입은 있을 수 없다.

거상이 되고 싶다면, 내가 지금 할 수 있는 것부터 시작하라.

즉사직업유고저지분(即使職業有高低之分)이라도,

상업각시몰유귀천지분(商業却是沒有貴賤之分)이라.

설사 직업에는 귀천이 있다고 하더라도

장사에는 귀천이 없느니라.

지금 당장 내가 할 수 있는 일부터 시작하라.

제2편

시장 잠식

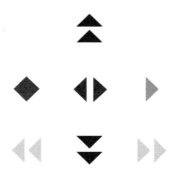

III

모방의 길은 한발 뒤에서 가는 길이지만
모방의 길을 가도 성공한 상인이 될 수 있다.

창신취시創新就是는
솔선모방率先模倣이라.

새로운 것을 만드는 것은,
바로 모방에서 시작되느니라.

■ 모방이란 실사구시(實事求是) 정신의 최고 실현

창신취시(創新就是)는 솔선모방(率先模倣)이라. 새로운 것
을 만든다는 것은 바로 모방에서 시작되는 것이라.

이 말은 모방을 창조만큼이나 중시하는 중국 상인들이
사업을 시작하거나 또는 사업이 어느 정도 안정단계에 이르
러 새로운 사업을 확장하고 발굴하고자 할 때 사용하는 말
이다.

창조를 하고 싶다면 먼저 모방할 대상부터 찾아보고 선

택하라. 왜냐하면, 상인에게 있어 창조란 남보다 앞서 모방된 결과물을 만들어 내는 것이기 때문이다.

어떠한 업종을 선택해야 할지, 어떠한 시스템을 선택해야 할지, 스스로에게 의문을 던지고 있다면 가장 먼저 주위를 둘러보고 가장 앞서가는 제품과 제도부터 확인해 보아야한다.

그리고 바로 그것을 내가 모방할 수 있다면, 시장에서의 경쟁력은 얼마든지 새롭게 창출될 수 있다.

제품을 위조하는 것을 모방이라고도 말할 수 있겠지만, 그것은 학술상의 개념일 뿐, 상인에게 있어서 모방(模倣)은 절대로 위조(僞造)의 의미가 아니다.

현재 중국 경제가 모방을 중시하는 중국 상인의 철학에 기초를 두고 성장·발전하고 있다면 우리는 이러한 현상을 어떻게 이해하여야 할까? 중국 상인에게 있어 모방이란 과연 어떤 의미일까?

저자는 중국 기업인과 중국의 경제 환경에 대해 토론을 한 적이 있다.

토론 중 저자는 **"기적과도 같은 중국의 고속성장과 세계**

시장에서의 책임 있는 태도는 분명히 글로벌 경제인들로부터 찬사(讚辭)를 받을 만하다. 그러나 중국의 경제문화가 지나치게 모방에 치우치는 경향이 있어 시간이 갈수록 큰 약점이 되고 문제가 될 것이다."라며 중국 경제 환경을 언급하였다.

중국경제의 치부(恥部)를 드러내며, 중국 경제의 비판적 시각을 조심스럽게 지적한 것이었다.

그러나 이러한 비판적 지적에 대해 중국 기업인은 전혀 흔들림 없이 의연(毅然)한 모습을 보이며, 절대로 공개하지 않는 중국 상인의 상업비밀을 공개하겠다며 다음과 같이 모방과 중국인의 상업 정신을 연결하여 경제원리를 설명해 주었다.

중국 상인 曰, 다른 사람을 뒤에서 따르고, 흉내 내는 것이 모방처럼 보이지만 사실 <u>모방은 흉내 내기가 아니라 다른 사람을 좇아 획득하는 학습</u>이야. 그리고 모방의 과정 중에 새로운 것이 합쳐지는 것을 사람들은 창의(創意)로 만들어낸 창조(創造)라고 부르지.

내가 만약 세상을 바꾸고 싶다면, 내가 무엇을 제일 먼저 해야 할까? 기존의 세상에 정확하게 적응한 후에야 변화를 생각할 수 있을 것이고, 변화에 성공할 수 있는 사람에게만 새로운 변화를 꿈 꿀 수 있는 기회가 주어지지!

세상을 바꾸고 싶어 하는 사람이 있는데, 만약 그 사람이 "나는 늘 새로운 것만을 찾아다닌다."라고 말을 한다면, 이 말은 "나는 아직까지도 기존의 문화에 적응하지 못했다."고 말하는 의미이지.

자신의 것만을 고집하고 새로운 것만을 찾으면서 인생을 살아온 사람은 세상과 타협하지 않고 창조적인 후회 없는 삶을 살았노라고 스스로를 평가할 수 있겠지. 그러나 세상에 적응하지 않은 대가로 그는 무엇을 얻었을까? 여전히 세상을 변화시키지는 못하였지.

당신이 진정으로 세상의 변화를 원한다면 아니 진정으로 세상을 리드(lead)하고 싶다면, 제일 먼저 내가 해야 할 일은 세상에 적응하는 것이고, 세상에 적응하기 위해 가장 먼저 해야 할 일은 모방을 통한 기존의 세상에 대한 적응이지.

그렇기 때문에 사실에 근거하여 진실을 이끌어 가고, 정확한 고증을 바탕으로 시행착오를 줄이고 사회를 이끌어 가는 실사구시(實事求是)의 큰 관점에서 보면, 모방은 시행착

오를 줄이기 위한 가장 효과적인 사회과학적 학습방법이 되는 거야.

그래서 창조는 모방이 만들어낸 최종 결과이고, 적응과 변화는 모방의 중요한 과정이 되는 것이지.

만일 상인이 기존의 제도와 상품을 모방하기 시작했다면, 그 상인은 이미 새로운 것을 시작할 수 있는 단계에 이르게 된 것이고, 새로운 창조를 준비할 수 있는 단계에 이르게 되는 것이야!

라며 모방이 새로운 창조로 가는 어엿한 단계 중 한 과정임을 알려주었다.

상기 설명을 통해 모방에 대한 인식의 결과를 도출해보면, 중국 상인은 모방을 학습의 중요한 단계로 인식하고 있고, 새로운 것을 준비하기 위한 전제(前提)로 인식하고 있음을 알 수 있다.

모방을 중국경제의 치부로 여길 것이라고 생각하는 우리의 생각 범위에서 완전히 벗어나는 설명이다.

모방은 흉내 내기가 아니라 학습이기 때문에 모방을 한다고 해서 동일한 카피 (copy)제품이 나오는 것은 아니다. 상인이 기존의 제도와 상품을 모방하기 시작했다면, 그 상인은 이미 새로운 창조를 준비할 수 있게 단계에 이르게 된 것! 그렇다면 누구의 것을 어떻게 창조적으로 모방할 것인가? 성공하고 싶다면, 일등 것부터 모방하라.

■ 중국특색사회주의와 모방경제

중국의 현재 정치구조는 「중국특색사회주의(中國特色社會主義)」라고 부르고 있고, 오늘날 중국경제의 발전은 바로 이 특색 있는 사회주의를 통해 이루어진 것으로서, 이는 사회주의(社會主義)와는 명확히 구별되는 정치제도이다.

그런데 이 특색의 사회주의 구조와 21세기 중국의 번영이 모두 모방에서 나온 결과라면, 이를 우리는 어떻게 받아들여야 할까?

이제부터 중국의 정치와 경제가 모방과 얼마나 긴밀한 유기적 관계를 맺으며 발전하고 있는지 함께 생각해보자.

중국은 1949년 10월 1일 사회주의(社會主義)를 건국이념으로 삼고 민중들의 지지를 받으며 개국(開國)하였다.

그러나 안정적인 정치구조에 비해 중국 경제는 1970년대 후반까지 세계경제에 뒤처졌고, 큰 발전을 도모(圖謀)하지 못하였다.

정권이 바뀌어 마오쩌둥(毛澤東)의 뒤를 이은 덩샤오핑(鄧小平)이 중국 정치의 새로운 주인공이 되지만, 덩샤오핑이 등장할 시기에도 중국의 경제는 여전히 자본주의 국가에 비해 어렵고 낙후되어 있었다.

왜냐하면, 사회주의 계획경제는 경제발전 구조에 있어 자본주의보다 분명한 한계성을 지니고 있었기 때문이다.

그러나 새로운 지도자 덩샤오핑(鄧小平)은 중국의 지속적인 정치안정을 위해서는 경제발전이 동반되어야 한다고 생각했다.

그래서 덩샤오핑은 중국 사회주의의 경제구조를 바꾸어 경제 발전을 이끌기로 한다.

사회주의 경제구조를 바꾸기 위해 덩사오핑이 제일 먼저 시행한 일은 무엇일까?

그것은 바로 지난 30년간의 비정상적인 관계를 모두 잊고, 정치구조가 다르고, 경제구조가 다르고, 인류에 대한 이념이 다른 미국과 1979년 1월 1일 국교를 맺는 것이었다.

그리고 이때부터 중국은 세계에서 가장 경제가 발전한 미국의 경제를 모방하기 시작한다.

많고 많은 국가 중에 미국을 모방한 이유는 무엇 때문일까? 대답은 무척이나 간단하다. 중국이 볼 때 미국이야말로 최고의 경제 발전국가이었기 때문이다.

중국의 많은 학생들이 미국으로 건너가 미국을 공부하기 시작하였고, 중국의 많은 기업인들이 미국과 교류하며 미국의 경제를 배웠으며, 중국 정치가들 또한 미국의 사상과 정치 시스템을 배웠다.

그리고 결론에 이르게 된다. 미국처럼 경제를 발전시키기 위해서는 중국의 제도가 바뀌어야 한다.

그러나 중국정치의 근간(根幹)이 되는 사회주의 제도를 바꾸는 것은 불가능한 일이 아닌가!

그렇다면, 중국은 무엇을 어떻게 해야 하나? 사회주의와 자본주의의 대립된 구조 속에서 경제가 발달한 미국식 자본주의를 받아들일 수 있는 방법에는 어떤 것이 있을까?

덩샤오핑은 중국의 번영을 약속할 수 있는 새로운 경제제도에 대해 계속 자문(自問)한다.

사회주의 헌법에 근간한 중국 정치구조와 사회구조는 그대로 유지하면서, 미국식 자본주의 경제를 받아들일 수 있다면, 정치구조는 사회주의를 유지하면서 경제는 미국식 발전을 시도할 수 있지 않겠는가?

이렇게 해서 만들어진 것이 바로 중국특색사회주의(中國特色社會主義)이다.

경제 발전을 위해 중국의 제도를 바꾸려 하였으나, 중국에는 이미 절대로 바꿀 수 없는 사회주의 제도가 있었다. 그리고 다시 고개를 돌려 보니 중국 반대편에는 경제가 발달한 자본주의 제도가 있었다.

그래서 중국은 사회주의는 그대로 두면서 자본주의를 잘 모방하고, 새롭게 조합하여 세상에 없는 새로운 사회주의를 탄생시킨다.

이렇게 탄생한 것이 바로 오늘날 중국의 경제 번영을 가져올 수 있게 해준 중국특색사회주의이다. 중국특색사회주의는 사회주의 같기도 하고, 자본주의 같기도 했지만, 분명한 것은 세상 어디에도 없는 제도였던 것이다.

중국은 사회주의라고 하지만 사회주의의 일부 정치제도를 유지하고 있을 뿐 사회주의가 아니었고, 자본주의를 따르는 듯하였지만, 일부 경제제도를 유지하고 있을 뿐 자본주의는 절대로 아니었다.

여하튼 이렇게 중국의 사회주의가 미국의 자본주의를

잘 모방하여 탄생한 중국특색 사회주의는 세계 유일의 정치구조로 자리를 잡고 중국의 경제번영과 안정을 가져오게 된다.

그렇다면, 이러한 제도 아래서 모방은 중국기업들의 발전과 변화에 어떠한 영향을 줄 수 있었을까?

결론적으로 말하면, 세계적으로 잘 알려진 중국의 IT 기업 바이두(百度)는 미국의 구글을 모방한 것이고, 중국 최대의 인터넷 서점 징동(京東)은 미국의 아마존을 그대로 모방하여 탄생했다.

심지어 중국 최대의 인터넷 기업 알리바바그룹(Alibaba Group)의 창립자 마윈(馬雲)은 미국의 eBay를 보고나서야 이를 모방하는 꿈을 꿀 수 있었고, 모방의 꿈을 통해 중국 최대쇼핑몰 타오바오(淘寶, Taobao)를 창조하여 세상에 선보일 수 있었다고 말하였다.

그렇다면 이들 중국 기업의 공통점은 무엇일까?

아니, 성공한 중국기업들의 공통점과 중국기업들의 성공비결은 무엇인가? 그들이 성공한 비결과 공통점을 딱 하나만 뽑는다면 그것은 바로 모방이다.

중국 상인들은 다른 사람이 시장에서 앞서가고 있는 것을 발견하면, 그들이 앞서가는 것을 인정하는 순간부터, 끊임없이 앞서갔던 상인이 먼저 갔던 갈을 쫓아가기 시작한다.

그래서 그 길에 시간을 투자하고, 자본을 투자하여 그 길을 먼저 자신의 길로 만들고, 그 다음 단계로 새로운 길이 필요하다고 생각되면, 마침내 창조라는 것을 더해 자신만의 시장을 구축하는 것이다.

중국 상인에게 있어 모방은 다른 사람을 흉내 내는 것이 아니고, 앞서가는 비법을 배우는 것이며, 시행착오를 줄이고 빠른 속도로 그들을 앞서가기 위한 전략이 된다.

그렇기 때문에 중국인들은 사업을 시작할 때, 앞서가고 있는 다른 사람을 먼저 발견하여 인정하고, 그를 배우는 모방 단계로부터 사업을 시작하는 것이다.

큰 꿈을 품고 창업을 생각하고 있는가? 기업의 발전과 확장을 계획하는 있는가? 창조가 가장 좋고, 창조가 더 필요하겠지만, 창조는 모방의 결과임을 알아야 한다.

당신이 지금 이 시간 창조를 할 수 없다면 먼저 일등의 것을 모방하라.

그렇다면 일등이 되기 전까지 당신에게 해야 할 일이 엄청나게 많이 생길 것이고, 지금 가고 있는 길에 대한 두려움은 대폭 감소할 것이다.

■ 정책에 숨어있는 모방경제에 대한 배려

그렇다면 이 모방경제는 중국 경제에서 얼마만큼의 영향력을 발휘하고 있을까?

요약하여 말하면, 중국 기업의 모방 정도는 중국 정부가 정책을 통해 통제하고 정리를 해야 할 만큼 중국 기업들에게 깊은 영향력을 발휘하며 자리를 잡고 있다고 말할 수 있다.

이제부터 모방이라고 하는 중국의 문화가 중국경제와 중국사회에서 얼마나 큰 영향을 미치며, 자리를 잡고 있는지 중국의 정책을 통해서 알아보도록 하자.

1978년 새로운 경제구조를 표방(標榜)한 중국 개혁개방(改革開放) 정책의 실시 이래, 중국 경제는 그야말로 빛의 속도로 초고속 발전을 한다.

그러나 중국의 고속 경제성장에도 이제는 한계가 다가온 것인지 두 자리를 기록하던 중국의 경제 성장률이 하락추세를 나타내기 시작하였고, 이제 한 자리 수의 경제성장률을 기록하며 머물게 되었다.

이렇게 되자 중국은 경제성장률의 하락추세를 중국 경제의 위기로 간주하고, 지속적인 중국 경제의 발전을 위한 신경제(新經濟) 경제발전 정책을 추진한다.

중국 정부는 이 신경제구조 구축 과정에서 기업의 산업구조 전환과 구조조정을 포함한 새로운 정책을 만들어 경제전환의 행동 논리로 표방하는데, 이것이 바로 시진핑 주석이 직접 강조하고 추진하는 이른바 '공급 측 개혁(供給側改革)'이다.

공급 측 개혁의 거시적 의미를 간략히 소개하면, 중국은 그동안 △수출, △투자, △소비라고 하는 3두마차(三頭馬車)를 앞세워 경제의 발전 방향을 제시하고 경제를 이끌어 갔다.

그 결과 중국은 세계 시장의 요구에 따라 끊임없이 물건을 만들어 전 세계를 향해 무한의 생산품을 공급할 수 있는 경제구조를 만들었고, 세계의 생산공장이 되는 데 성공하면서 글로벌 경제의 중요한 축이 되었다.

중국 기업들은 수출을 통해 벌어들인 외화를 재투자하여 생산 공장의 규모를 더욱 확대하였고, 수입이 증가한 중국인들은 끊임없이 이를 소비하게 되었으니, 이러한 성과에 힘을 입어 중국은 세계의 생산공장에서 세계의 경제시장이 된다.

중국의 경제변화가 이러하다 보니, 이제 세계 어디를 가도 중국 물건이 없는 곳은 없게 되었다.

한국이 그렇고, 미국이 그렇고, 일본이 그렇고, 유럽 시장이 그렇게 되었다. 이를 경제 구조의 수요와 공급의 관점에서 보면 중국의 공급이 대성공을 거두게 된 것이다.

그런데 어느 순간부터 중국에서도 경제발전의 하방(下方) 압력이 나타나기 시작했다.

두 자리 숫자의 경제성장률이 9%로 변하더니 2015년부터는 7%의 미만의 경제 성장률을 보이기 시작하였고, 2016년에는 6.7%, 2017년에는 6.9%를 기록한다. 그러면서 이와 동시에 경제하락 현상들이 구체적으로 나타나기 시작한다.

기업의 수출 감소가 이어지면서 수출기업의 도산이 눈에 띄기 시작하고, 내수 시장을 이끌던 부동산은 거품이 되어 중국경제를 위태롭게 만들기 시작하였으며, 기업의 현금 유동성에 문제가 생기면서 금융시장이 위축되기 시작했다.

지금까지 물건을 생산해서 공급하던 공급자 측에 위기가 온 것이다.

반면, 경제발전을 이룩한 중국 소비자들의 수요 형태는 과거와는 전혀 다른 모습을 나타내기 시작한다.

물건을 공급하기만 했던 중국인들이 손에 손을 잡고 전 세계로 앞을 다투어 여행을 다니기 시작했고, 중국의 자본이 밖으로 나가 세계의 기업과 손을 잡기 시작하였으며, 중국의 자본이 전 세계로 투자되면서 세계 주요 시장은 중국의 자금이 몰리는 시장이 되기 시작했다.

전 세계시장을 상대로 중국인들의 소비가 이루어지면서 세계의 수요시장이 변화하기 시작하였고, 세계 거의 모든 곳에서 중국인의 소비가 다양한 방법으로 이루어지기 시작한 것이다.

중국경제가 발전하면서 중국인들의 소비 범위는 중국을 벗어나 한국이 되었고, 미국이 되었고, 그리고 전 세계가 중국인들의 소비 무대가 되었다.

중국 소비자들은 세계 각처에 있는 고가 명품에 열광하

고, 투자처를 찾고 있던 중국 기업들은 외국기업을 합병하여 해외시장을 끊임없이 확대하였다.

한국과 일본은 중국인 관광객을 맞이할 준비에 사시사철 경쟁적으로 분주하였고, 미국 뉴욕에서도 중국 춘절(春節)이 다가오면 명품 가방을 무한대로 쌓아놓고 중국인들을 기다리게 되었다.

심지어 중국인들은 해외에서 밥통을 사오고, 영아용 분유를 사오고, 비데(bidet)를 구입해 와 가족에게 공급하였다. 중국의 수요가 세계의 공급 시장을 변화시킨 것이다.

중국의 생산자, 즉 공급자들은 위기를 맞이하고 있는 것에 반해, 수요자들은 대호황이 아닌가!

상황이 이러하니 중국의 리커창(李克强) 총리는 2016년 1월 4일 산시성(山西省) 타이위안시(太原市)에서 "강철 잉여 생산량이 이렇게 많은데도 불구하고 중국은 여전히 특수품목의 고품질 강철을 수입하고 있고, 형강(形鋼)의 생산능력은 부족하다. 심지어 볼펜의 가장 중요한 부분인 볼펜 볼을 아직도 수입하고 있다. 그래서 업계의 구조조정이 필요한 것이다."라고 하면서 볼펜 볼도 제대로 못 만드는 중국 생산자 측에 강력한 질타를 가한다.

좋은 물건을 제대로 만들지를 못하고 있으니 중국의 소비자들이 해외 상품에 열광하고 있다는 말이다.

리커창 총리의 질타는 높은 수준의 물건을 생산하지 못하는 중국의 생산공정(生産工程)을 질타한 듯 보였다.

그러나 리커창 총리의 질타를 정확히 풀이해서 얘기하면, 중국 기업들의 지나친 모방으로 잉여상품이 남아돌고 있지 않느냐! 이제 모방 좀 그만하고 창조할 수 있는 기업은 새로운 것을 좀 새롭게 창조해 보자는 말이다.

중국 경제의 하락원인을 공급자 측과 수요자 측의 관점에서 짚어보니 중국 경제의 문제가 바로 공급 측에서 발생하고 있었던 것이다.

그렇다면 중국 공급 측에 문제가 발생한 가장 근본적인 원인을 무엇일까? 원인은 바로 중국 경제에 깊숙이 자리 잡고 있는 모방이었던 것이다.

즉, 어느 생산자가 물건을 만들면, 다른 생산자는 이를 모방해서 다른 물건을 만들었고, 다른 사람은 또 이를 모방하고 만들어 다시 시장에 올리고 하면서 비슷한 물건이 시장에서 끊임없이 공급이 되자, 시장이 과잉상태(過剩狀態)에 이르게 된 것이었다. 그런데 신기하게도 그간 중국 수요시장은 이를 모두 흡수했던 것이다.

그러나 경제가 발전하면서 제품의 질(質)이 중국 소비자들의 소비 형태에 영향을 미치기 시작했고, 제품에 대한 중국 소비자들의 요구가 확대되기 시작했다.

중국 소비자들의 변화된 소비수요의 요구는 그동안 모방을 통해 성장했던 생산자 측에 자연스럽게 과잉(過剩) 공급이라고 하는 문제를 넘겨주게 된 것이었다.

중국 경제하락의 원인을 파악한 중국 정부는 공급 측 개혁(供給側改革)이라고 하는 지구상에 없는 용어를 탄생시켜 중국 기업들의 구조조정을 유도(誘導)한다.

공급 측 개혁이라고 하는 말은 2015년 11월 27일 오전, 중국 중앙재경영도소조회의(中央財經領導小組會議) 제11차 회의에서 시진핑(習近平) 주석을 통해 처음 등장하고, 2016년 1월 27일 중앙재경영도소조회의(中央財經領導小組會議) 12차 회의에서 공급 측 개혁의 방안이라는 말로 등장한다.

분명히 시진핑 주석이 언급하기 전까지는 분명 어디에도

없던 논리이다.

그러나 중국의 모방경제와 경제하락의 원인을 연관시켜 알게 된다면, 공급 측 개혁의 그 심오한 의미는 중국이 개혁 개방을 통해 중국특색의 사회주의라고 하는 이름으로 경제 발전을 가동하면서부터 이미 준비되어 있었다고 할 수 있을 것이다.

공급 측 개혁이라는 용어를 거시적 관점에서 짚어보면, 중국의 경제 하락 문제가 물건을 생산해서 판매하는 공급 측에서 시작되었으니 이제부터는 수준 높은 소비자도 찾을 수 있는 좋은 품질의 물건을 창조적으로 만들어 시장에 공급하자는 말이다.

즉, 그간 시장에서 비슷한 물건 만들어서 먹고 살았던 기업들은 시장의 공급 과잉으로 인해 살길이 어려워졌으니 새로운 시장에서 살길을 찾아볼 것이며, 새로운 시장 중에는 서비스, 금융, 지식 문화, 정보, IT, 로봇, 양로, 환경 등의 분야가 있으니, 그 분야에서 다시 새로운 경제를 창조해 보라는 뜻이다.

그렇게 할 수 있다면, 과잉으로 경쟁력을 잃었던 기업들은 새로운 분야에서 새로운 살길을 찾을 수 있을 것이고, 새로운 시장은 다시 발전할 수 있을 것이며, 중국의 경제도 안정될 수 있을 것이라는 뜻이다.

이것이 바로 중국 경제 구조조정의 최고 핵심 논리인 공급 측 개혁의 의미이다.

그런데 이 공급 측 개혁의 정책을 모방과 창조의 의미에서 짚어보면 더 큰 의미가 내포되어 있다.

지금까지 중국이 경제 발전을 이룬 여러 요소 중에 누구도 부인할 수 없는 중요한 요소가 있으니 그것은 바로 모방이다.

기업들이 모방을 많이 해서 먹고 살 만큼 자본도 키우고 힘도 키웠으니 실력이 되는 기업들은 모방 그만하고 새로운 분야로 도전하고, 창조적인 것을 만들라는 것이다.

모방이 이미 과잉의 단계에 오른 생산 분야에서는 모방을 멈추고, 서비스, 금융, 지식 문화, 정보 등의 분야에서 바이두, 타오바오, 징동처럼 미국의 아이티와 인터넷 지식 산업 같은 새로운 업종의 모방을 열심히 시작하라는 의미가 포함되었던 것이다.

이렇듯 정부의 정책결정에도 모방 요소가 반영될 정도이니 그간 기업의 모방에 대한 전략은 어떠하였고, 상인의 모방에 대한 전략은 또 어떠하였겠는가? 그간 중국 경제발전의 기본 요소는 바로 모방 경제였던 것이다.

그렇다면, 이제 중국의 경제 성장률이 줄어들고, 시장의 포화(飽和)가 얼마 남지 않았으니 중국의 모방 경제도 이와 함께 마침표를 찍을 수 있을까? 그렇지 않다.

왜냐하면, 중국은 지극히 크고 지극히 넓은 시장이기 때문에 지금도 모방을 해서 물건을 생산하고 또 다시 이를 재생산해도 소비자는 그 범위에서 그 수준에 맞게 다시 나타나기 때문이다.

■ 다른 사람이 먼저 갔던 길을 쫓아가서,
　다른 사람의 길을 막을 수 있다

　　주별인적로(走別人的路)요,
　　양별인무로가주(讓別人無路可走)라.

다른 사람이 먼저 갔던 길을 그대로 쫓아가서 그와 같은 위치에 자리를 잡고, 마침내 그보다 앞질러서는 먼저 간 다른 사람의 길을 막을 수 있다는 말이다.

다른 사람의 먹거리를 뺏어먹는다는 의미가 될 수도 있지만, '다른 사람을 모방해서 그를 앞지르는 것'은 상인에게 지혜로운 상업 전략일 것이다.

상인에게 모방이란 위조품을 만드는 것이 아니고, 선두가 지나간 선행 길을 학습하며 쫓아가는 것이다.

그리고 시간이 흘러 언젠가 선두와 나란히 어깨를 하면 다시 새로운 것을 모방하는 것, 이것이 바로 중국 상인의 가장 기본적인 사업전략 중 하나인 모방 전략이다.

일등을 하고 싶다면, 현재의 일등이 누구인지를 인정하고 일등이 간 길을 그대로 쫓아가라.

그렇다면 어느 순간 100등이 되고, 10등이 될 것이며, 어느 시점에서는 일등을 만날 수 있을 것이다. 정상에 오른 후에 가야할 길은 그때 가서 다시 생각해 보면 된다.

글로벌 경제 환경에서 중국의 경제적 영향력이 확대되고 위상이 재정립되면서 중국은 많은 고민에 빠져 있다.

경제 대국으로 성장한 중국이 어떠한 길로 과학을 발전시켜야 할 것이며, 어떠한 방향으로 경제를 지속적으로 발전시켜야 할 것인가?

그런데 모방 경제의 관점으로 중국을 바라보고 있는 전문가들은 의외로 간단한 답변을 도출해낸다.

미국을 쫓아라. 유학생을 보내서 미국과의 교류를 확대하고, 기업은 미국의 회사를 합병하면서 미국을 쫓아라. 그러면 중국이 가는 길에는 아무런 고민할 것이 없다.

문제는 미국에 길이 없을 때 문제가 될 것이다. 참으로 기묘하고 정확한 대답이다.

이제 우리나라의 학생과 기업 그리고 정치인들이 중국의 모방경제를 어떻게 생각할 것인지에 관해 고민할 때이다.

왜냐하면 중국 경제발전의 시작은 분명히 다른 나라를 쫓고 모방하는 것이었지만, 이제 중국의 모방은 이미 우리의 길을 막아서고 있기 때문이다. 이제는 우리가 중국의 제품과 제도를 모방해야 할 시기가 다가왔는지도 모르겠다.

중국 상인들은 성공을 위해 오늘도 고민한다.

어디서 누구의 것을 어떻게 창조적으로 모방할 것인가?
성공하고 싶다면, 지금 당장 일등 것부터 모방하라.

**모방의 길은 한발 뒤에서 가는 길이지만 모방의 길을
가도 성공한 상인이 될 수 있다.**

창신취시(創新就是)는 솔선모방(率先模倣)이라.

새로운 것을 만드는 것은, 바로 모방에서 시작되느니라.

IV

성공 상인의 최고 경지(境地)
암탉을 빌려와 계란을 낳아라.

차계생단借鷄生蛋하여,
취피지장取彼之長하라.

인재는 모셔오고, 자금은 빌리고,
다른 사람의 장점을 빌려오면 나의 약점도 없어질 수 있다.

■ 차계생단을 운영할 줄 아는 상인이
　큰 파이(pie)를 만들어낸다

차계생단(借鷄生蛋)하고 취피지장(取彼之長)하라.

다른 집의 암탉을 빌려와 계란을 낳는다면, 암탉을 다시 돌려주어도 큰 이득이 남는 장사가 아니겠는가!

다른 사람의 장점을 내가 취할 수 있으면, 나의 약점을 덮을 수 있으니 타인의 재주를 차용(借用)할 수 있는 상인이 성공할 수 있지 아니하겠는가!

이 땅에 천하를 손에 쥐고 세상에 태어나는 사람은 없다.

설사 조금 더 빨리, 조금 더 좋은 조건에서 태어났다고 하더라도 그것은 조건일 뿐, 아직까지 결과는 아니니 실망할 필요는 없다.

당신은 어릴 적부터 입사(入社)에 대해 교육을 받았고, 이러한 영향으로 좋은 회사에 취직하는 것을 꿈꾸었기 때문에 매월 정해진 월급을 안정적으로 받는 월급쟁이가 가장 속편한 직업이라고 말하고 싶을 것이다.

그러나 중국 상인들은 그런 당신에게 반문(反問)을 한다.

<u>지금 하고 있는 일이 진정으로 당신 자신을 위해서 하고 있는 일이라고 생각하는가?</u>

혹시 사장을 위해서 일을 하고 있거나, 아니면 사장의 아들, 더 나아가 사장의 대대손손(代代孫孫)을 위해서 일을 하고 있는 것은 아닌가?

많은 사람들이 자기 자신을 위해 일하기를 원하고, 대대손손 후손에게 물려줄 기업을 꿈꾸지만, 바로 지금 △자금이 없고, △인재가 없고, △기술이 없어 시작하지 못한다.

그러나 당신이 지금 이 시간 진정으로 거상(巨商)의 꿈을 품고 있는 상인이라면, 지금 당신에게 없는 자금과 인재와 기술은 당신의 꿈을 가로막을 수 있는 충분조건들이 될 수 없다.

왜냐하면 당신이 진정으로 거상을 꿈꾸고 있다면, <u>다른 사람의 자금과 지혜와 기술을 잠시 빌려와 내 것으로 만들고, 이자를 붙여 돌려주는 차계생단(借鷄生蛋) 전략</u>이 당신을 기다리고 있기 때문이다.

닭을 빌려오는 조건으로 계란 하나의 이자를 약속했다면, 계란을 두 개 만들어서 하나는 남기고 하나는 돌려주면 나에게 이윤이 남는 것이 아니겠는가!

성공한 상인 모두가 하늘에서 떨어져 나온 것이 아니다. 지금 이 시각(時刻)에도 성공한 상인들은 계속 등장하고 있으니 빈손으로 시작한다고 해도 아직 실망할 단계는 아니다.

상인에게 있어 진정한 어려움의 시작은 자본이 없고, 사람이 없고, 기술이 없는 것이 아니라 내가 다른 사람에게 아무것도 빌릴 수 없을 때 비로소 시작이 되는 것이다.

계란이 필요하다면 우리는 무엇부터 생각하는가?

당연히 내가 구매해야 할 계란의 구매 가격과 나에게 남아 있는 돈이 얼마가 있어 몇 개의 계란을 구입할 수 있는지를 먼저 생각할 것이다.

그러나 중국 상인들은 계란이 필요할 때 자신이 갖고 있는 자금만을 보지 않는다.

먼저 나에게 없는 계란을 낳을 수 있는 암탉을 빌려올 수 있는 방법을 찾고, 다음에 계란을 많이 낳을 수 있는 방법을 찾고, 마지막으로 암탉과 이자를 빌려온 사람에게 다시 돌려줄 수 있는 방법을 찾는다.

이른바 중국 상인들에게 있어 최고의 경지로 불리는 차계생단(借鷄生蛋) 전략으로, 닭을 빌려와 계란을 낳는 전략이다.

바다로 나가 큰 꿈을 펼치고 싶으나 배가 없어 시작도 하지 못하고 실망만 하고 있는가?

주위를 살펴보아라. 배를 소유하고 있는 선주(船主)에게 배를 빌려 바다로 나가면 된다. 이른바 차선출해(借船出海) 전략이다.

대형 해운상선(海運商船) 회사들도 자신이 소유하고 있는 상선을 운영하는 것이 아니라, 상선을 빌려 화물을 이동시키고 그 수익금으로 선주들에게 이자를 지불하는 것이다. 바다로 나가고 싶다면 배를 빌려라.

항구가 없고, 바다가 없어 바다로 나갈 수 없는가? 그렇다면 항구를 빌려라. 중국은 항구가 없어 해상항로가 막히자, 다른 나라에서 항구를 빌려 바다로 나가기도 했다.

중국 동북의 지린성(吉林省)과 헤이룽장성(黑龍江省)에는 항구가 없다.

그래서 항구가 있는 랴오닝성(遼寧省)의 동남쪽 도시까지 내려와 바닷길을 이용해야만 한다. 멀고 험난한 길을 가다 보니 물류비는 높아지고 제품의 가격 경쟁력은 저하되면서 수출의 장애요소가 되었다.

그래서 지린성 기업들은 항구를 빌리는 전략을 결정한다.

중국 지린성에서 동쪽으로 가장 가깝게 바다와 접하고 있는 도시인 북한의 나선항과 러시아의 자루비노항 및 블라디보스톡항을 빌려와 바닷길을 열기로 한 것이다.

중국은 먼저 북한 나선항, 러시아의 자루비노항 및 블라디보스톡항과 가장 가까운 중국 도시 훈춘(琿春)에 물류 집산지를 만들었다. 그리고 나선항, 자루비노항, 블라디보스톡항과 협의하여 항구를 이용하기로 하였다.

그리고는 중국의 화물을 중국에서 북한 나선항까지 이동시키거나, 러시아의 자루비노항 또는 블라디보스톡항까지 이동시켰다.

그 결과 물류 집산지는 중국 동북부 지역의 핵심 물류 도시로 성장을 하였고, 중국 지린성에는 예전에 없던 바다로 나갈 수 있는 해양길이 만들어지게 되었다.

이른바 항구를 빌려 바다로 나가는 차항출해(借港出海) 전략이었다.

바다와 항구가 없던 도시가 차계생단(借鷄生蛋) 전략을 통해 항구가 생기고 바다로 진출하게 된 것이다. 무(無)에서 유(有)를 창조한 것만큼이나 신비롭지 않은가?

조건과 환경에 부합(符合)하지 않는다고 포기하는 것이 아니라, 다른 사람에게 필요한 요소를 빌리고 나의 조건과 환경에 맞게끔 새로운 조건을 만드는 전략은 지금도 중국의 상인을 성장시키고, 발전시키는 최고의 성공전략이다.

■ 중국의 경제번영을 이끈 최고의 전략은 차계생단 전략

차계생단 전략은 중국 상인을 성공으로 이끌었을 뿐 아니라 중국 정부도 성공적으로 이끈 국가 경제발전의 가장 중심이 되는 전략이기도 하다.

개혁개방 이후 경제발전을 위해 중국이 추진해온 많은 경제발전 전략 중 지금까지 끊이지 않고 일괄되게 추진되고 있는 정책이 있으니 바로 차계생단(借鷄生蛋) 전략이다.

상인들은 차계생단(借鷄生蛋) 전략을 닭(鷄)을 빌려(借)와 알(蛋)을 낳는(生) 전략이라고 말한다.

그런데 이를 현대의 경제 용어로 바꾸면 외자합작(外資合作) 또는 외자합자(合資) 방식이라고 할 수 있다.

합작 및 합자 방식이란 중국이 우선적으로 제공할 수 있는 노동력, 관리, 토지 등의 요소와 외국이 제공할 수 있는 자본(합자) 또는 기술(합작)이 합쳐져서 양측이 공동으로 경제활동을 추구하는 투자유치 방식이다.

개혁개방이라는 이름으로 중국특색사회주의의 새로운 경제발전 시스템이 시작된 초기, 중국에게는 자본과 기술이 없었다. 고심 끝에 중국은 중국에 비해 경제가 발전한 국가들에게서 자본과 기술을 빌려오는 차계생단 전략을 선택한다.

중국 정부와 기업들은 외국의 자본과 기술을 유치하기 위해 중국이 할 수 있는 가장 쉬운 것부터 멋지게 포장하여 경제선진국 기업들에게 협력의 요소로 제공하고 외자를 끌어들이기 시작했다.

중국이 제공할 수 있는 협력의 요소는 바로 저가 노동력과 저가 토지비용이었는데, 이를 활용하는 방법은 의외로 간단하다.

외자기업들에게 일정한 기간 동안 세수 혜택과 저가 토지를 제공한다. 그리고 이를 기업에 대한 특혜라고 이름 붙인다. 이 특혜를 빌미로 외자기업들이 중국으로 들어오게 하고, 자리를 잡게 하는 것이다.

이러한 정책이 처음 시작되던 초기, 중국내부 일각에서는 서방에 의해 잠식되는 경제적 피지배 구조를 많이 걱정했다.

외자기업에게 제공되는 토지와 외자기업이 갖고 온 자본의 점유가 중국을 점령할 수 있다고 하는 걱정이 있었기 때문이다.

반대로 외국기업들에게 있어 중국 정부가 제공하는 저가 노동력과 저가 토지는 피할 수 없는 유혹이었다.

유혹을 받아들인 외국 기업들은 중국대륙으로 들어와 중국이 제공하는 저가 노동력과 저가 토지를 중심으로 합작기업을 설립하기 시작했다.

노동력과 토지에서 제공되는 생산원가를 낮출 수 있으니, 시장 경쟁력이 발생하면서 합작(합자)기업들은 빠르게 수입을 볼 수 있었다.

시간이 지나 외국기업들은 빌려줬던 암탉과 이자를 모두 받아 큰 수익을 챙겼다고 생각했다.

그런데 이게 어찌된 일인가?

막상 대차대조(貸借對照)를 작성해 보니 중국에는 외국기업보다 더 많은 암탉과 계란이 남겨지게 되었고, 경제 규모는 오히려 닭을 빌려온 중국 측이 더 커졌으며, 중국이 더 빠른 경제성장을 하게 된 것이 아닌가!

중국은 차계생단 전략을 통해 자본을 끌어들이고, 부족한 기술을 배울 수 있었으며, 우수한 경쟁력 있는 설비와 상품을 만들어 경제발전의 기회를 만들 수 있었던 것이다.

중국의 발전과정을 차계생단 전략에서 살펴보자.

당시 중국은 고유영토와 그 영토에서 생활하는 국민의 노동력 말고는 아무것도 없었다.

그러나 차계생단 이후 외국기업의 자본이 합쳐지면서 그 땅은 개발구(開發口)라는 이름으로 변화하여 경쟁력이 더해지게 되었고, 국민들의 손에는 외국기업의 기술이 합쳐지면서 고급 기술 인력으로 변신하게 된 것이다.

자본도 없고, 기술도 없고, 시장도 없던 중국시장에 외자기업의 기술과 자본이 합쳐지면서, 중국이 빌려온 자본과 기술은 중국경제의 동맥을 움직이는 구동장치(驅動裝置)가 되었고, 중국경제에 생명력을 불어넣어 핵심 요소가 되었던 것이다.

중국은 먼저 외자기업을 불러들이기 위해 중국이 할 수 있는 것에 최고의 가치를 담았고 그 외에 없는 것은 모두 빌렸다.

자본, 기술, 시장, 관리기술까지 모두 빌렸다. 그 결과 지금 중국은 최고의 경제 강국이 되지 않았는가!

중국 정부는 차계생단 전략을 시행함에 있어 제일 먼저

광둥성(廣東省)을 선택한다.

세계의 경제 교류가 집중되어 있는 홍콩과 가장 가까운 광둥성 선전(深圳)을 개발구(開發區)로 지정한 것이다.

그런데 광둥성이 개발구로 선택된 가장 큰 이유는 무엇이었을까? 그리고 개발구 지정 후에 가장 먼저 한 일은 무엇이었을까?

중국 정부는 광둥성 선전(深圳)을 자금을 빌리기에 가장 좋은 조건을 갖춘 도시로 판단하였기 때문에 선전을 개발구로 지정한 것이었으며, 선전을 개발구로 선정한 후 제일 먼저 한 일은 물론 외자를 빌리는 것이었다.

광둥성은 계란을 낳을 수 있는 암탉을 외국기업으로부터 빌리기 시작했다. 그리고 그 대가로 이자를 열심히 물어 주었다.

외부에서 볼 때 저렴한 노동력과 큰 시장은 기업인들에게 충분한 이자가 될 수 있었으니 서방의 기업인들은 한 치의 의심도 없이 암탉을 싸들고 중국 선전으로 모여 들었다.

광둥성의 외자는 폭발적으로 증가한다. 계란을 만들 수 있는 암탉을 빌려오는 정책이 엄청난 성공을 거두기 시작한 것이다.

이후 선전이 광둥성을 변화시키고, 광둥성이 중국의 남방(南方) 지역을 변화시키고, 중국 남방지역이 중국 전역을 변화시키는 경제 발전전략이 진행된다.

물론 중국의 차계생단 전략은 아직까지도 중국의 가장 핵심적인 지역 경제발전 전략이다.

각 지역별로 보면, 외자기업에 대한 투자우대 정책은 아직도 세금, 토지임대 등을 통해서 실현되고 있는데, 여전히 이 정책은 암탉이 낳는 계란은 얼마든지 기업에게 이자로 돌려 줄 테니 일단 암탉만 들고 역내로 들어오라는 것을 핵심으로 하고 있다.

중국은 사회주의 계획경제 체제를 자본주의 체제로 변환하는 체제를 개혁개방(改革開放)이라 불렀다.

그러나 사실 중국정부의 개혁개방전략은 중국 상인들이 차계생단 전략으로 사용하던 최상의 상업전략을 중국 정부가 빌려와 국가적 차원에서 시행한 차계생단 전략이었던 것이었다.

천하를 손에 쥐고 세상에 태어나는 사람은 없다. 진정으로 거상을 꿈꾸고 있다면, 다른 사람의 자금과 지혜와 기술을 잠시 빌려와 내 것으로 만들고, 이자를 붙여 돌려주는 차계생단 전략을 품어야 한다. 왕자는 빌리는 방법으로 천하를 얻고, 권력자는 빌리는 방법으로 고관의 자리를 얻으며, 상인은 빌리는 방법으로 큰돈을 번다. 암탉을 빌려올 수 있는 방법을 찾고, 황금계란을 낳을 수 있는 방법을 찾고, 마지막으로 암탉과 이자를 다시 돌려줄 수 있는 방법을 찾아라.

■ 차계생단이 이루어낸 중국 와인(wine) 천하

중국에서 차계생단 전략으로 중국 와인 시장의 판도를 바꾼 기업이 있으니 현재 중국 와인(wine) 시장의 30% 이상을 점유하고 있는 왕조주업(王朝酒業) 주식회사이다.

왕조주업이 차계생단을 통해서 어떻게 중국 와인시장에서 살아남고 새롭게 태어나는지 살펴보면서 차계생단 전략의 위대함을 다시금 확인해 보자.

왕조유업은 1980년 톈진시(天津市)에서 창업하여, 현재 다이너스티(dynasty, 王朝)라고 하는 상표를 갖고 있는 주류 회사로서, 왕조주업 창업 당시 중국에는 와인시장이 크게 형성되지 않았고, 중국 와인을 해외로 수출한다는 것은 상상도 할 수 없는 일이었다.

왜냐하면 중국과 다른 나라와의 와인제조 기술에는 확연한 차이가 있었고, 무엇보다도 중국 와인에 대한 브랜드(brand) 가치가 사실상 전혀 없었기 때문이다.

톈진(天津)의 포도농장을 기반으로 와인 회사 창업을 준비 중이던 왕조주업 측은 무엇보다 브랜드(brand)에 대한 가치 창출이 필요하다고 생각했다.

와인 자체의 품질(quality)도 문제지만, 당시 중국 와인 브랜드의 가치를 들고 해외시장을 개척한다는 것은 꿈도 꿀 수 없는 현실이었기 때문이다.

브랜드 가치에 대한 자신들의 약점을 잘 알고 있었던 왕조주업은 이를 극복할 수 있는 방법을 찾고, 그래서 와인 브랜드의 이미지를 다른 곳에서 빌려 오기로 결정한다.

세계 최고의 주류 회사인 레미마르탱(Rémy Martin)사와의 협력을 통해, 주류업계 최고의 브랜드를 빌려와 중국 와인시장에서 중국 브랜드를 창출하고 성장시키기로 계획한 것이다.

브랜드의 가치가 없던 기업이 다른 기업의 브랜드 가치를 알고는 이를 빌리기 위해 차계생단 전략을 가동하기 시작한 것이었다.

당시 중국에서 생산된 포도주는 2위안(元)에 판매되고 있었다.

이에 비해 프랑스 레미 마르탱(Rémy Martin)사에서 제조 판매되는 포도주는 세계 최고의 가치를 인정받으며 중국제품과는 비교를 할 수 없는 가격에 판매되고 있었다.

당연히 두 회사 간의 규모나 실력 차이는 비교 상대가 될 수 없었고, 톈진시(天津市) 농장의 포도원을 모태로 하고 있는 중국 농촌의 포도회사와 1724년 설립되어 세계적으로 높은 명성과 자금력으로 세계 주류시장을 점유하고 있는 레미 마르탱과의 협력은 불가능하게 보였다.

그러나 자신들의 최대 약점을 극복하기 위해서는 유명 브랜드가 반드시 필요하다고 생각한 중국 측은 레미 마르탱과의 협력을 적극 추진하였고, 중국의 미래 시장을 내세워 마침내 레미 마르탱과의 합자(合資)에 성공한다.

와인 상표는 중국의 민족적 정서와 와인 애호가들의 고아한 느낌을 살려 다이너스티(dynasty, 王朝)로 이름을 명명(命名)했다. 이렇게 탄생한 회사가 중국 톈진시 최초의 합자(合資)회사인 왕조포도양주주식회사(王朝葡萄釀酒有限公司, 영문명 Dynasty Winere)이고 왕조포도양주주식회사의 상표 다이너스티(Dynasty)는 중국이 갖고 있던 포도주 브랜드의 가치를 바꾸는 데 완전하게 성공한다.

1980년 합자기업(合資企業) 시작 당시 주식 배분은 중국 측 62%, 프랑스 레미 마르탱 38%로 하였고, 다이너스티의 상표는 중국 측이 소유할 수 있도록 하였다.

또한 합자 내용 중에는 다이너스티의 생산량 10%를 외국에 수출하기로 하였는데 해외수출과 관련한 모든 절차는 레미 마르탱 측에서 책임을 지기로 하였다.

다이너스티 와이너리의 자본금은 총 137.6만 위안으로 생산 첫해에 10만 병의 와인을 생산하였다.

시간이 흐르면서 레미 마르팅의 유명 브랜드를 빌려 입은 다이너스티는 중국 와인 시장을 점령하기 시작한다. 그러더니 1983년에는 국가급 공식 연회 와인이 되고, 1985년부터는 중국 외교부의 재외공관에 공급을 시작했다.

처음에는 낯설고 어색했지만, 레미 마르팅과 함께 제작한 제품이라고 하니 빠른 시간에 다이너스티는 레미 마르탱과 연계가 되면서 단독 포도주 브랜드로 자리를 잡았다.

레미 마르팅과 합자 방식을 통해 생산된 와인이 시장에 등장하자 프랑스를 시작으로 유럽 시장도 빠르게 열리기 시작했다.

당연히 레미 마르팅사는 처음 시작할 때 체결한 10%의 해외 공급 조항에 대한 확대를 요청하였고, 점유량은 계속 증가하고 있다.

왕조유업이 차계생단의 전략으로 브랜드를 빌려와 30년이 지난 지금, 다이너스티 와인의 상표 가치는 100억 위안을 넘었고, 중국 내수 와인 점유량의 30%를 넘고 있으며, 중국 와인 업계의 대표 회사로 성장했다.

물론 중국 와인을 대표하며 중국 와인의 해외 시장 점유를 확대하는 것은 말할 것도 없다.

그야말로 닭을 빌려와 황금알을 낳았으니. 최고의 장사를 한 셈이었다.

차계생단의 범위는 이처럼, 장사를 함에 있어 필요한 자금, 지명도, 품질, 영향력 등 모두를 포함하고 있는 것으로서, 상인이 중국 시장은 물론 세계시장으로 확대해 가기 위해 필요한 최고 경지에 이를 수 있는 전략인 것이다.

■ 재주를 빌려 나라를 건국한 유비

왕자는 빌리는 방법으로 천하를 얻고(王者以借取天下), 권력자는 빌리는 방법으로 고관의 자리를 얻으며(權者以借謀高官), 상인은 빌리는 방법으로 큰돈을 번다(商人以借賺大錢).

차계생단 전략은 생(生)과 사(死)를 가르는 전쟁 중에도 많이 활용이 되는 전략으로 중국 모략사(謀略史)의 대명사인 삼국지(三國志)의 주인공 중 한명인 유비는 차계의 지혜를 통해 자신의 부족한 것을 메우고, 당시 최강의 국력을 보유하고 있던 위(魏)나라와 오(吳)나라에 맞서 싸워 마침내 촉(蜀)나라를 세우고 중국 천하를 삼분한다.

아무것도 없던 무일푼의 유비가 차계생단으로 신흥국의 주인이 되는 과정을 잠시 담아보도록 하자.

삼국지의 주인공 조조(曹操), 유비(劉備), 손권(孫權)은 각각 위(魏), 촉(蜀), 오(吳) 나라를 건국하고 천하(天下)를 삼분(三分)하는 주인공이 되지만, 나라를 일으킬 당시 세 사람의 형편과 실력은 모두 달랐다.

특히 당시의 세력이나 개인의 실력을 갖고 분석을 해보면 유비는 절대로 조조나 손권의 상대가 될 수 없었다.

천하삼분의 형세가 나타날 즈음 조조는 이미 후한의 천자(天子) 헌제(獻帝)에게 위왕(魏王)으로 봉(封)해져 후한의 실질적인 정치 일인자가 되어 있었다.

조조는 말단 관료부터 시작해 승상(丞相)을 거쳐 왕(王)으

로 봉해졌으니, 기업으로 보면 사원(社員)에서 시작해 CEO
에 오르고, 기업을 완전히 장악한 후에는 기업 지분까지 모
두 소유하여 그룹을 완전 사유화 하는 데까지 성공한 인물
이라 하겠다.

또한 손권은 오(吳)나라를 건국한 손견(孫堅)의 둘째 아
들로, 부왕(父王)과 형 손책(孫策)에 이어 황제에 즉위한 인
물이다.

손권은 아버지의 대업(大業)을 물려받은 형이 갑작스럽게
사망하자 형에 이어 나라를 경영하게 되니, 경영 3세대의 주
인공이었다.

재벌 2세인 손권은 아버지와 형에 의해 기초가 튼튼히
다져진 민영기업을 물려받았으니 천하를 품는 꿈을 꿀 만하
였다.

반면, 유비는 창업 당시 조조(曹操)나 손권(孫權)과 같은
튼실한 기반이 전혀 없었다.

유비는 오히려 출신이 미천(微賤)하여 초혜(草鞋, 짚신)를
만들어 팔면서 하루하루를 연명할 수밖에 없었다. 유비에게
는 당연히 물려받은 재물도 없었고, 의지할 영토도 없었으며

기반이 너무도 약했기 때문에 그를 따르는 인재는 더욱더 없었다.

그러한 형편의 유비가 다행히 관우(關羽)와 장비(張飛)를 만나 도원결의(桃園結義)를 맺고, 황건적을 토벌하는 공훈(功勳)을 세워 안희현(安喜縣) 현위(縣尉) 자리에 올라 후한(後漢)을 향한 충성을 보이지만, 국운을 다한 국가의 미관말직(微官末職)일 뿐 천하를 품는 꿈을 꾸기에는 너무도 부족한 자리였다.

대기업 CEO 출신 회장인 조조, 재벌2세로 튼튼한 기업을 물려받은 손권에 비하면 유비는 그야말로 다 쓰러져 가는 국영기업의 초라한 말단 간부일 뿐이었다.

그런데 유비는 다른 패자(霸者)와는 달리 자신의 능력이 극히 부족하다는 것을 알고 있었고, 자신에게 부족한 것을 다른 사람에게 빌려서 어려움을 극복할 수 있는 지혜가 있었다.

부족하기 때문에 포기하는 것이 아니라, 부족한 것을 다른 사람에게 빌려 채우려 하는 지혜는 아무것도 가진 것 없던 유비에게는 최고의 자산이 된다.

유비는 먼저 자신의 전략 능력이 부족한 것을 알고 자신의 능력을 메꾸어줄 수 있는 인재를 찾아 나선다.

　　그리고 삼고초려(三顧草廬)를 통해 제갈공명의 도움을 받기 시작한다.

　　조직의 전략에 있어 완전한 반전이 이루어진다.

　　재주가 부족한 유비가 제갈공명의 재주를 빌려오면서부터 유비는 이제 재주를 갖춘 인물이 된 것이다.

　　그런데 사실 제갈공명은 일찍이 부친을 여의고 숙부(叔父) 밑에서 남의집살이를 하며 살던 별다른 기반이 없는 사람이었다.

　　제갈공명도 사실 유비와 별반 다를 것이 없는 것이, 글 읽기를 특별히 좋아해 시골에서 글만 읽던 서생(書生)에 불과하였으니 제갈공명인들 무엇을 할 수 있었겠는가?

　　그런데 이렇듯 어려운 조건에 있던 유비와 제갈공명이 어떻게 천하를 솥발(솥 밑에 달린 세 개의 발)처럼 삼분하여 나누는 정족지세(鼎足之勢)의 꿈을 품어 이루고, 마침내 그들만의 제국을 건국하여 역사의 패자(霸者)가 될 수 있었던 것일까?

그것은 바로 유비와 제갈공명이 자신들에게 부족한 것이 무엇인지를 알고 차계생단 전략을 추진할 수 있었기 때문이다.

유비의 책사 제갈공명도 유비와 마찬가지로 땅도 없었고, 자본도 없었다.

그러나 제갈공명은 오(吳)나라와 연합군을 결성하고 오나라의 군대를 빌려 조조와 대적할 수 있게 만들었고, 짚더미를 쌓은 작은 배 20척으로 조조의 진영에서 10만 개의 화살을 빌려오는 초선차전(草船借箭)을 통해 전쟁 물자를 제공하였다.

또한 촉오 연합군이 위나라의 조조를 적벽(赤壁)에서 화공(火攻)으로 물리칠 계획을 세우고도, 동남풍이 없어 수포로 돌아가게 된 것을 알고는 양자강(揚子江)에서 동남풍을 빌리는 차동남풍(借東南風)을 통해 화공으로 적벽대전(赤壁大戰)에서 조조군을 섬멸시키고 대승을 거둔다.

그리고 마침내 형주(荊州)를 빌려와 주군인 유비에게 바쳐 유비가 촉한(蜀漢)으로 들어가는 발판으로 삼도록 하니, 아무런 기반이 없던 유비는 인재를 빌리고, 군대를 빌리고,

화살과 바람을 빌리고, 영토를 빌려 새로운 나라를 건국할
수 있는 기반을 마련할 수 있게 된 것이다.

아무런 기반도 없던 서생(書生)들이 재주를 빌리고, 영토
를 빌려, 나라를 세우는 사업을 성공으로 이끌었으니 그야말
로 차계생단 전략이 최고의 성공에 이르는 경지로 사용되었
다 할 수 있을 것이다.

■ 상인의 최고 경지 차계생단

나의 실력이 부족하고, 나에게 재주가 없음을 알고 있는
가! 그렇다면 빌리는 재주가 있어야 한다.

재주를 빌리고, 인재를 빌리고 돈을 빌릴 수 있어야 한
다. 필요할 경우에는 적(敵)에게도 빌릴 수 있어야 하고, 심
지어 라이벌(rival)에게서도 빌려야 한다.

어떻게 빌릴 수 있는지를 자문해 보아라! 거상을 향한 당
신의 계획, 성실과 의지, 말재주와 신뢰, 국가정책 그리고 당
신의 큰 꿈을 통해 필요한 것을 빌릴 수 있어야 한다.

사업이란 언어, 지혜, 행위, 감성이 합쳐진 자고이래(自古

以來) 최고의 종합예술로서, 돈을 빌리려면 최고의 예술적 가치를 통해 상대방을 감동시키는 전략이 필요하다.

그리고 차계생단은 사업장이라고 하는 상인들의 전장 터에서 생(生)과 사(死)를 가르는 중요한 열쇠가 될 것이다.

자본이 부족하거나, 실력이 부족하다고 흔들릴 필요가 없고, 나보다 강한 거인을 만났다고 실망할 필요가 없다.

자금이 부족하면 자금을 빌리고, 인재가 부족하면 인재를 모셔오고, 기술이 부족하면 기술을 받아들여야 하며, 거인을 만났다면 거인에게 붙어 빌릴 줄 알아야 한다.

호가호위(狐假虎威)를 아직도 호랑이의 위세(威勢)를 이용한 가소로운 사기꾼 여우의 임기응변으로만 생각하고 있는가?

여우는 호랑이를 상대로 싸우면 절대로 이길 수 없다.

<u>여우가 호랑이를 이기는 방법은 호랑이에게 먼저 길을 내주고 그 길을 빌려 가는 것</u>이다.

여우가 호랑이의 뒤를 쫓아가면 호랑이의 엉덩이를 보고 가야 하는 수고로움은 피할 수 없겠지만, 거기가 전장이라면

목숨을 구할 수 있을 것이고, 거기가 사업장이라면 이익을 얻을 수 있을 것이다.

장사가 전쟁(戰爭)이라면, 사업장은 전장(戰場)이고, 상인은 전장의 주인공인 전사(戰士)이다.

거인을 만났다면 그 위세를 빌릴 줄 알아야 하고, 기회가 없었다면 기회를 빌릴 줄 알아야 하며, 자본이 없다면 자본을 빌릴 줄 알아야 한다.

마지막을 조합하고, 종합해서 최종 결과를 만드는 사람이 이기는 상인이다.

중국 상인들은 오늘도 스스로에게 질문을 던지고 있다. 나에게 부족한 것이 무엇인가? 그리고 부족한 것을 보완하기 위해 나는 무엇을 해야 하는가?

내가 부족한 것이 무엇인지에 대한 대답이 나왔다면 그 다음 단계에서는 부족한 것을 빌려라. 빌려온 암탉이 당신에게 황금알을 낳아 줄 수도 있다.

나는 지금 무엇을 빌릴 수 있을까? 종자돈이 중요한 것이 아니라 내가 어떤 자원을 빌릴 수 있는지가 중요한 것이다.

거상을 꿈꾼다면, 차계생단(借鷄生蛋)하여, 취피지장(取彼之長)하라.

인재는 모셔오고, 자금은 빌리고, 다른 사람의 장점을 빌려오면 나의 약점도 없어질 수 있느니라!

형제가 되어 일을 함께 꾸밀 수 있으면,
작은 일도 큰 일이 되고,
마음을 모아 일을 함께 추진하면,
없던 기회도 만들어져 돈을 만든다.

동주공제同舟共濟하면, 도위형제都爲兄弟하고,
형제동심兄弟同心하면, 기리단금其利斷金이라.

같은 배를 타고 함께 강을 건너면서, 형제가 될 수 있고, 형제가
마음을 합치면 그 날카로움이 쇠도 단절시킬 수 있다.

■ 변화는 상인에게 있어 무조건 기회가 된다
　─어떠한 상인이 기회를 잡을 수 있을까

중국 개혁개방 이후 상업분야에서 가장 두각을 보이고
있는 사람들을 지역적으로 분리 해 보면 단연 저장성(浙江
省)의 원저우시(溫州市) 상인들을 빼놓을 수 없다.

원저우시는 전형적인 중국의 농촌 도시로 1970년대 초반

까지만 해도 상인으로서 큰 명성을 날리지는 못한 지역이다.

그러나 1978년부터 중국 경제가 사회주의 경제에서 변화하여 중국특색사회주의로 시장이 변화를 보일 즈음, 가내수공업을 중심으로 하는 산업이 집중적으로 발전하면서 원저우시 출신의 상인들은 원저우상인(溫州商人)으로 불리며 부(富)를 쌓고, 중국 자본시장의 한 축을 점령하기 시작하였다.

원저우상인은 의외로 우리와 친숙해져 있는데, 간략하게 그 이미지(image)를 그려보면 다음과 같다.

그러니까 바야흐로 1980년대부터 made in china 상표를 달고, 터무니없는 저가(低價)로 라이터(lighter), 나무젓가락, 허리벨트, 장난감, 소형라디오, 손목시계 등의 가내 수공업 제품이 우리나라에 수입되어 시장을 점령한 시절이 있었는데, 그 시절 그 제품이 만들어진 곳이 바로 원저우시이고, 이러한 제품을 생산하고 판매하면서 부를 축적한 상인들을 원저우 상인으로 이해하면 될 것이다.

그런데 개방개혁과 함께 20~30년 동안 조용하게 자본을 축적한 원저우 지역 상인들이 더 이상 조용히 있지만은 못하겠다는 듯, 빗장 풀린 중국 경제 시장에 혜성(彗星)처럼 나타나 원저우 상인의 위력을 떨치며, 그 경제적 위용을 중국 전역에 떨치게 되는데, 그 무대가 되는 곳이 바로 중국 부동산 시장이다.

이제부터 부동산 시장을 통해 중국의 거상들이 어떻게 탄생 했는지 잠시 살펴보자.

1990년대 초까지만 해도 중국 정부와 기업은 각 소속 직원들에게 직원과 그 가족이 거주할 수 있는 집을 사실상 무료에 가까운 가격으로 분배해 주면서 직원들의 복지(福祉)를 챙겨왔는데 이를 복리방(福利房)제도라고 한다.

그런데 중국 정부는 1998년 복리방제도를 공식 폐지하고, 개인이 일정한 가치를 주고 자기가 거주하는 주택을 직접 구매해야 하는 상품방(商品房) 제도를 전역에 시행한다.

풀어서 말하면 그동안 정부가 국민들에게 주택을 제공하여 주었는데, 이제는 국민들이 직접 돈을 모아 정해진 제도 안에서 각자가 거주할 주택을 구매하여야 하는 것으로 바뀌게 된 것이다.

그동안 사회주의 정치 철학에 입각하여 정부와 기업이 복리(福利)차원에서 각 구성원들에게 거주 주택을 무상 또는 초저가로 제공하였는데, 이제 부터는 개인이 일정한 가치를 지불하고 부동산을 상품화하여 직접 아파트를 구매하는 제도로 변화되었으니, 중국 전역에서는 큰 변혁이 일어나게 된 것이다.

제도상으로 보면 아파트를 매매할 수 없었던 사회주의제도 아래에서의 중국 부동산이 자본주의의 매매 형식으로 바뀌게 된 것이고, 시기상으로 보면 중국의 부동산 제도가 지금과 같은 제도로 완전히 변화하게 되었으니, 이 시기를 중국 부동산 시기의 변혁기로 이해하면 될 것 같다.

<u>어떠한 변화든 간에 변화는 상인에게 최고의 기회라 했던가!</u>

그런데, 이러한 중국 부동산 시장의 변화와 그 변화로 인해 발생하는 성과물을 가장 빠르고 정확하게 파악하고 기회를 잡은 사람들이 있었으니 그 사람들이 바로 원저우상인들이다.

세월이 지나 현재 시점에서 과거를 돌아보면 아주 간단한 원리이지만, 많은 중국 사람들은 당시 중국 부동산 시장의 변화에 대해 지금 생각하는 것만큼 민활하게 움직이지 못했다.

중국의 시대와 정책이 변하여 매매가 금지되어 있던 아파트와 건물의 매매가 허용되었으나, 많은 사람들은 그저 이를 자연스레 나타나는 변화의 한 방향으로만 생각했고, 얼마만큼의 변화가 자신들의 돈과 직접 연관되어 있을지 알지 못했던 것이다.

그러나 제조업 제품으로 자본을 축적한 원저우상인들은 미래 경제의 최고 수단으로 변화될 부동산의 가치를 정확히 알고 시대의 변화를 꿰뚫어 보았다.

시대와 재산의 가치가 변화될 것을 빠르고 정확하게 인식한 것이었다.

이후 원저우상인들은 이때부터 약 10여 년 동안 역사에 남을 기이한 투자 행위로 중국 부동산 시장을 장악하고, 재물을 모으는데 이른바 원저우 차오팡투안(溫州炒房團), 즉 원저우의 부동산투기단이다.

■ 형제가 되면 ―죽어도 함께, 살아도 함께, 돈도 함께

중국인들의 삶을 송두리째 바꿔놓을 부동산 시장의 변화를 감지한 원저우 사람들이 제일 먼저 한 일은 사람을 모으고 자본을 모으는 일이었다.

그런데 자본을 모으는 방법이 다른 기업들과는 너무도 다르게 나타났다.

원저우인들은 먼저 주변사람들과 마음을 하나로 모았다.

그리고 돈과 마음을 하나로 모으는 목표를 돈을 벌기 위해서가 아니라 모인 사람들이 하나가 되어 투자를 진행하는 곳에 둔다.

돈을 버는 것을 목표로 정했다면 아마도 이런 기이한 투자 형태는 나타나지 않았을 수도 있을 것이다.

결과적 말하면 원저우상인들이 투자금을 모았지만, 투자금을 모으는 것 즉 돈을 모으는 것은 이들의 목표가 아니었다.

그렇다면 이들이 투자금을 모은 이유는 어디에 있었을까?

나의 친구, 형제들과 흔들림 없이 투자활동을 진행하는 것! 이것이 바로 그들의 목표이자 목적이 되었던 것이다.

원저우 상인들은 그렇기 때문에 제일 먼저 주변 사람들, 그러니까 형제, 친구, 동료들을 불러 모았다. 그리고 돈을 불러 모았다.

돈이 있는 사람은 돈이 있는 대로 그만큼, 그리고 돈이 없는 사람은 돈이 없는 대로 그만큼을……

자본을 모아 마침내 하나가 된 것을 확인한 원저우 상인들은 경제시장의 사냥감으로 부동산을 선택했다.

있는 돈 없는 돈을 모두 모아 현금으로 만든 원저우상인 157명은 드디어 다음 단계에 진입하게 된다.

현금을 가득담은 돈 가방을 품고 원저우상인들은 2001년 상하이(上海)로 향했다.

그리고 상하이에서 거주생활 환경이 제일 좋다고 하는 아파트 단지의 아파트를 묻지도 따지지도 않고 구입하는데, 3일 만에 아파트 100채를 구매한다.

변화는 그 다음부터 효력을 발휘하기 시작하였다.

한 단지에서 100채의 아파트가 순식간에 매매 계약이 이루어지니 부동산 가격은 순식간에 상승 신호를 받았다.

지역 주민들은 자신들이 거주하는 아파트 가격이 순식간에 상승했다고 하니 그저 좋기만 했다.

매매를 마친 후에는 말할 것도 없이, 매매계약을 하는 순간에도 아파트 가격이 상승하기 시작했다.

뭐가 뭔지도 알 수 없는 3일이 지나자, 한 단지에서 매매할 수 있는 아파트가 동이 나 버렸다. 더 이상 매매할 아파트가 없어진 것이다.

원저우인들이 3일 만에 한 아파트 단지에 투자한 돈이 현금으로 8천만 위안을 넘었다.

이렇게 되니 아파트 가격은 순식간에 상승을 해서 상하이의 아파트 가격이 폭등을 하기 시작했고, 며칠 만에 아파트 $1m^2$의 가격이 3천 위안에서 7천 위안으로 상승을 해버렸다.

지역 주민은 물론 언론을 포함한 그 누구도 왜 아파트 가격이 상승하고 있는지에 대해 의문을 갖지 않았고, 아파트 가격이 오르면 누가 이득을 보는지 생각하지 못했다. 그저 재산가치가 오른다고 하니 개혁개방의 당연한 결과인 줄로만 알고 좋아하기만 했다.

그리고 상하이에서 한바탕 아파트 구매 바람이 불어 닥

치더니만, 이제는 상하이에서 250km 떨어져 있는 항저우(杭州)에도 원저우 상인들이 현금을 들고 모여들기 시작했다.

상하이에서 추진했던 똑같은 방식으로 항저우의 지역 아파트를 원저운 상인들이 모조리 구매해 버린 것이다. 항저우에서도 역시 순식간에 아파트 가격이 상승했다.

상하이와 같이 큰 도시에서 부동산 가격이 폭등했다는 소식을 이미 들은 바 있는 항저우의 지역주민들도 부동산 폭등의 원인을 알지 못하고, 경제 발전의 당연한 결과라고만 생각했다.

아파트 가격 상승의 메커니즘(mechanism)을 제일 먼저 발견한 원저우상인들은 차오팡투안(부동산 투기단)의 규모를 더욱 확대시켰고, 투기를 위한 자본금도 더욱 증식시켰다. 그리고 활동 범위 또한 더욱 확대했다.

베이징(北京), 충칭(重慶), 칭다오(青島), 선양(瀋陽) 등 할 것 없이 그 큰 중국 대륙의 대도시를 돌아다니며 아파트를 사들이니, 이후 원저우상인들이 가는 곳에는 활발한 아파트 거래 분위기가 형성되었고, 현금이 돌기 시작하였다.

일부 도시에서는 경제발전 방향이 상당히 어려운 흐름을

보이는 것이 분명하였으나, 보이는 경제발전 요소와 관계없이 원저우 차오팡투안(溫州炒房團)이 방문하는 지역은 무조건 부동산 가격이 상승하기 시작했다. 그리고 사람들의 투자 심리가 요동치기 시작했다.

"부동산이 오른다. 아파트 가격이 오른다. 아파트 가격이 내일 당장 어떻게 될지 모른다."는 마음이 형성되었다.

이제부터는 중국인들이 너도나도 부동산에 관심을 갖고 또 관심을 가졌지만, 왜 부동산이 폭등하는지 그 이유는 아무도 정확히 알지 못했다. 경제 발전 과정 중에 당연히 부동산의 가치도 동반 상승하는 것으로만 생각했을 뿐……

지역 언론들도 뭐가 뭔지 알 수 없었다. 갑작스레 부동산 가격이 변화하기 시작하니 언론보도의 입장에서는 호재가 되었고, 이를 보도하면서 언론이 자연스레 부동산 상승에 대한 홍보를 도우니, 주민들의 투자 심리는 순식간에 부동산으로 이동하면서 중국 전 대륙이 부동산에 관심을 갖기 시작하였다.

그리고 지역 주민들이 계속해서 상승하기만 하는 부동산(아파트) 구매에 대해 조금씩 조바심을 느낄 때 즈음, 원저우

상인들은 새로운 부동산 구매 방법을 추진한다. 이른바 계약걸기……

아파트 단지에 들어가 계약금만 지불하고, 눈에 보이는 대로 아파트 매매 계약을 마치니 아파트 단지에 계약이 되지 않은 아파트가 없었다.

마음이 급해진 일반 주민들에게는 더 오르기 전에 아파트를 구매해야 한다는 심리가 보편적으로 작용을 하게 되었고, 너도나도 은행에서 돈을 빌려 아파트를 구매하기에 이른다.

그러나 웬만한 곳의 목 좋은 아파트는 이미 원저우상인들과 계약이 완료된 상태……

매매계약으로 1차 거래를 마친 원저우상인들은 다음 단계에서는 은행에서 돈을 대출받아 매매가 가능 할 수 있을 때까지 돈을 지불하면서 시간을 버텼고, 그때쯤 되면 아파트의 가치는 완전히 새로운 형태로 바뀌어 있었다.

경기가 좋지 않은 지역경제의 영향을 받아 혹시라도 시장의 반응이 늦더라도 원저우 차오팡투안은 '이번 건은 실패했구나!' 하는 결론을 내리지 않았다.

매매 분위기가 조금 한산해질 때면, 원저우인들은 자기

네들끼리 직접 아파트 거래를 진행한 것이다.

계약자를 바꾸고, 소유자를 바꾸고, 변경하고, 또 변경하고 원저우 차오팡투안끼리 또 명의를 변경하면서 거래를 하니, 웬만해서는 가격이 오르지 않을 수 없었고, 원저우상인들이 가는 곳에는 부동산 광풍이 불어 닥치니, 마침내 부동산 투기가 중국경제의 전면적인 사회문제로 떠오르기 시작했다.

시장은 이때쯤 되어서야 부동산(아파트) 가격 상승이 비정상적이며, 범상치 않은 투기 세력이 있다는 것을 알아차리게 된다.

문제를 인식한 중국 정부는 2010년 구매제한령(限購令) 등 부동산 투기제재 조치를 발표하고 천정부지로 오르는 부동산 가격을 잡기위한 정책을 시행한다.

이리하여, 이른바 원저우 차오팡투안(원저우 부동산 투기단)이 중국 부동산 시장을 좌지우지 했던 시기는 2010년 중국 정부의 구매제한령을 전후로 일단 멈추는 것으로 나타난다.

그렇다면 그 동안 원저우 차오팡투안이 벌어들인 수입은 어느 정도일까?

변화는 상인에게 있어 최고의 기회이지만, 혼자라면 자본이 있어도 사업을 추진할 수 없을 것이요, 능력이 있어도 시장은 열리지 않는다.

상인은 돈을 목적으로 모이는 것이 아니고, 함께 하기 위해 모여야 하며, 알고 지내는 것이 중요한 것이 아니라, 끝까지 함께 할 수 있는 것이 중요한 것이다.

형제가 마음을 합치면, 그 날카로움이 쇠도 단절시킬 수 있다.

저자가 알고 지내는 부동산 투기에 직접 참여한 원저우 인의 말을 들어 보면, 항저우의 경우 1평당(㎡) 3천 위안 하던 아파트는 평당 1만 8천 위안으로 상승했고, 지금까지 그는 자신의 명의로 20여 채의 집을 사고팔았으며, 베이징, 상하이, 항저우 등지에 여전히 여러 채의 집을 갖고 있다.

대략적으로 그가 들려주는 말에 따르면, 2000년대 초반부터 2010년쯤까지 원저우 차오팡투안에 참여해서 벌어들인 현금 수익만 대략 1,700만 위안쯤 된다고 한다.

부동산 투기를 통해 모여진 원저우인들의 자금 규모가 경제규모 중간 정도 순위의 중국 1개의 성(省) 규모와 비슷하다고 하는 연구 결과가 나오기도 하였으니, 그 규모는 그야말로 천문학적이며, 이로 인해 원저우상인들에게는 어마어마한 재원(財源)이 만들어졌다고 할 수 있을 것이다.

■ 알고 지내는 것이 중요한 게 아니라,
　함께할 수 있는 것이 중요한 것이지

역사상 유례가 없는 방법으로 부동산 투자에 참여해서, 중국 부동산 시장의 판도를 완전히 바꾸었으니, 이름하야 이들이 바로 「원저우 차오팡투안(溫州炒房團, 원저우 부동산 투기단)」이다.

그런데 이 시기에 원저우상인들이 보여주는 투자형태와 구조가 아래와 같이 참으로 신비로운 몇몇 특징을 보여준다.

첫째, 원저우 투기단은 순수하게 자신들이 알고 지내는 원저우인(溫州人)으로만 제한하고 있다. 어떠한 경우에도 타 지역 사람들에게는 진입을 허용하지 않았다.

설사 투자를 희망하는 누군가가 많은 현금을 갖고 있다 거나, 정치적 영향력이 있다거나, 심지어 부동산 정보와 직 접 연관되어 있는 사람이 있다고 하더라도 자신들의 부동산 매매 시장에는 절대로 진입시키지 않았다.

만약 그들이 돈을 모으는 것을 목표 또는 목적으로 하였 다면, 투자규모에 따라 서열이 정해지고, 우두머리가 정해 지면서 규모의 확대를 추진하였을 것이고, 매물에 대한 좀 더 접근성 있는 정보를 위해 외부인의 영입도 허용하였을 것이다.

그러나 원저우 차오방투안(부동산 투기단)은 내가 얼마큼 의 돈을 벌어들일 것인가를 목표로 세운 것이 아니라, 우리가 함께하는 것에 목표를 두면서 그들이 함께할 수 있는 범위의 전제 내에서 결과를 설정한 것이다.

왜냐하면 위험성이 지극히 큰 새로운 길을 갈 때는 혼자 가는 것보다 함께 가는 것이 안정적인 법인데 함께 가는 길의 기본 전제는 그 조직이 영원할 수 있어야 한다는 것이다.

원저우상인들은 시장이 변하는 것을 알고, 시장 선점을 추진하면서도 규모나 방법에 있어 리스크(risk)가 함께 동반되는 것을 알고 있었기 때문에 그 리스크를 없애는 방법으로 동반자들이 끝까지 흔들리지 않는다고 하는 전제를 먼저 만들고 형제가 되어 함께 일을 추진했던 것이다.

만약 외부에서 사람이 영입된다면, 그 사람은 돈을 목적으로 온 것이 분명하기 때문에 환경에 따라 변화될 가능성이 있고, 그렇게 되면 게임 리스크(risk)는 커질 수밖에 없다고 본 것이다.

반대의 관점에서 보면, 일의 위험성이 크다고 하더라도 여럿이 하나가 되면 시장을 변화시킬 수 있고, 변화로 인해 만들어진 그 열매는 함께한 사람들이 나눌 수 있기 때문에 돈을 보지 않고, 먼저 하나 되는 것을 목표로 설정할 수 있었으며, 안전이라고 하는 전제를 담보받기 위해 돈을 목적으로 하는 외부인의 개입을 철저하게 차단하였던 것이다.

둘째, 부동산 투기를 통해 발생한 이득은 투자 규모에 따라 평균적으로 이익 분배를 하였는데, 이득 분배 문제로 인해 내분이 발생한 사례가 없다.

후에 부동산 경기가 일부 하락하면서 손해를 보았다든지, 기업이 파산을 했다든지 하는 사례는 있으나 원저우상인으로 구성된 차오팡투안 사이에서 이익 분배 등으로 이해 송사(訟事)가 발생한 경우는 알려지지 않는다.

그 많은 재물과 시간이 유동하였음에도 불구하고 어떻게 이런 일이 발생할 수 있었을까?

이는 원저우 차오팡투안이 내부적으로 불평 없이 공평한 분배를 이루었을 가능성이 있을 것이며, 설사 공평하지 않다고 생각하더라도 구성원은 이를 무조건 받아들였을 수 있었기 때문에 가능할 수 있을 것이다.

전자의 경우라면 공평한 분배의 결과이기 때문에 후속의 문제가 발생할 수 없었겠지만, 후자의 경우라면 원저우상인들은 다른 사람이 얼마를 거두었는지가 중요한 것이 아니라,

이번 동업으로 내가 이익을 볼 수 있었는지 없었는지의 유무를 평가하는 특성이 작용한 것이다.

즉, 나의 이득과 남의 이득이 차이가 나면 불만이 생기지만, 나만의 이득만 보면 이득이 발생한 것에 감사하고 조직에 남아있을 수 있기 때문이다.

셋째, 원저우 차오팡투안(부동산 투기단)이 어려운 시기를 만났을 때에도 원저우 차오팡투안은 그 위험요소를 스스로 터트리거나 반발하여 나가는 경우가 없었다. 끝까지 구성원이 함께 하면서 위험을 극복하였다.

심지어 그들의 행위가 사회의 위해(危害) 요소로 평가되거나 불법적 행위로 간주되어 사회의 질타를 받을 때도, 먼저 겁을 먹고 반발한 세력이 없다.

일단 해야 할 일이 주어지면 마음을 하나로 모아 일심(一心)의 형제가 되어 문제를 해결했다.

그 대표적인 경우가 상호간 매매인데, 수백 명이 엄청나게 많은 현금을 투자했음에도 예상과 달리 시장의 반응이 없을 때는 왜 걱정이 되지 않았겠는가?

그러나 원저우 차오팡투안은 구성원의 한 명인 다음 사

람이 부동산을 다시 구매해 주고, 또 다른 원저우상인이 부동산을 다시 구매해 계약을 하면서 시장을 만들어 갔고, 최종적으로 이익이 나면 모두가 그 결과를 함께 나누었다.

형제가 되어 함께 일을 도모하였고, 옳은 일이든 작은 일이든 마음이 모아지면 하나의 목표만을 위해 일을 추진하였으며, 하나의 마음으로 시장을 바꾸어 만들어 낸 기회와 결과를 늘 동일하게 나누었다.

국가경제의 관점에서 보면, 원저우 차오팡투안은 부동산 투기를 통해 공정한 경제질서를 어지럽힌 경제발전의 악한 요소가 될 수 있다.

그러나 상인의 정신에서 보면, 정확하고, 흔들림 없는 상인정신으로 큰 이익을 얻은 경우라 할 수 있을 것이다.

원저우 차오팡투안이 알려진 후 중국에서 돈이 많기로 유명한 베이징(北京)과 상하이에서 베이징 차오팡투안이라든지, 상하이(上海) 차오팡투안이라든지 하는 투기단은 알려지지 않는다.

그것은 아마 원저우 차오팡투안은 <u>단순한 돈을 목적으로 모인 것이 아니고, 함께 하기 위해서 모였던 것</u>이기 때문에 다른 상인들은 그러한 목적을 지향할 수 없었기 때문이었을 것이다.

결과적으로 보면 원저우 차오팡투안이 벌어들인 엄청난 돈들은 같이 모여 함께 일을 실행한 결과에 대한 부산물로 해석할 수 있겠다.

자본이 없어도 사업을 추진할 수 있고, 능력이 없어도 시장을 확대할 수 있다.

그러나 <u>내가 혼자라면 자본이 있어도 사업을 추진할 수 없을 것이요, 능력이 있어도 시장은 열리지 않을 것이다.</u>

흔히 중국의 사업문화를 관시문화(關係文化, 관계문화)라고 하는데, 세상에 인맥이 형성되어 있지 않은 나라가 어디 있으며, 많은 사람을 알고 있어 손해 보는 기업인이 어디 있는가?

관시는 알고 지내는 것이 아니라, 그들과 형제 관계를 맺는 것이다. 어려움도 함께 극복할 수 있고, 위험도 함께 감내(堪耐)할 수 있으며, 수익을 똑같이 나눌 수 있는 형제가 있을 때 중국 사업은 뿌리를 내릴 수 있다.

<u>알고 지내는 것이 중요한 것이 아니라, 끝까지 함께 할</u>

<u>수 있는 것이 중요한 것이다.</u>

그들과 형제가 되어라. 그들과 형제가 될 수 없다면, 내가 형제가 되어주고 형제단(兄弟團)을 만들어라.

돈 되는 사업은 절대로 혼자서 성공할 수 없는 것이 중국 사업의 원칙이다. 돈을 벌어 성공한 사람의 뒤에는 반드시 흔들리지 않은 형제들이 함께 하고 있다는 것을 명심해야 한다.

세상을 움직이는 상인이 되고 싶다면, 형제들과 함께 배를 타고 강을 건너(同舟共濟)는 어려움을 함께 극복할 수 있어야 할 것이고, 내 주변 사람과 형제가 되어야 할 것이며, 그렇게 형제들 간의 하나 된 마음이 만들어 진다면(兄弟同心), 그 힘은 단단한 쇠도 끊을 수 있을 것(其利斷金)이다.

동주공제(同舟共濟)하면, 도위형제(都爲兄弟)하고,

형제동심(兄弟同心)하면, 기리단금(其利斷金)이라.

<u>같은 배를 타고 함께 강을 건너면서, 형제가 될 수 있고, 형제가 마음을 합치면, 그 날카로움이 쇠도 단절시킬 수 있을 것이다.</u>

제3편

영원한 거상을 위해서는

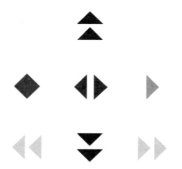

VI

배우고 함께하면, 그의 마음을 열 수 있다.
언어를 배워, 함께 할 수 있는 기본에 충실하면,
관계는 한층 더 깊어질 수 있다.

학이시습지學而時習之면, 불역열호不亦說乎아라.
학이시습중국어學而時習中國語면
상인관계불역가심호商人關係不亦加深乎라.

배우고 다시 익이면 또한 기쁘지 아니한가, 중국어를 배우고 수시로
익히면, 상인과의 관계 또한 더 깊어지지 아니하겠는가.

■ 중국 상인들의 밥(食)과 말(言語)의 사교는
아무도 못 말려

중국의 신시대(新時代) 지도자 시진핑(習近平)은 중국 국가주석(主席) 등극 후 부패와의 전쟁을 선포하고, 이를 실행하기 위한 첫 방안으로 공직자와 국영기관 직원들을 대상으로 부정부패 방지를 위한 8항 규정(八項規定)을 2012년 12월

4일 발표한다.

8항 규정은 중국 공직자가 하지 말아야 할 8가지 행동 규정을 지적하고 있는데, 그 내용이 중국 국민들의 삶과 너무도 실질적이면서 구체적으로 접근해 있다.

그래서 그런지 시진핑 정부 초기 이 8항 규정에서 어긋나 철퇴를 맞는 공직자가 무수히 등장하게 되는데, 내용을 보면 다음과 같다.

8항 규정(八項規定)

① 조사연구를 개선하라.

─국민들에게서 배우고, 국민들과 더 많은 토론을 시행하라.

② 회의활동을 간소화하라.

─최소한의 범위에서 경축행사에 참석하고, 참석 후 가능하면 말은 짧고 간략히 하라.

③ 보고문서를 간략화하라.

─보고 내용을 간략화하고, 형식내용 보다 실질 내용을 담아라.

④ 외부활동을 규범화하라.

─합리적 범위에서 외부활동을 진행하고, 수행인원을 최소화하라.

⑤ **경호업무를 개선하라.**

―교통관제, 도로봉쇄 등을 최소화하라.

⑥**신문보도 내용을 개선하라.**

―주요인사의 <u>과대보도를</u> 자제하라.

⑦ **저작발표 활동을 제한하라.**

―<u>개인출판을 비공개로</u> 진행하고, 축하 메시지 전달을 금지하라.

⑧ **근검절약을 생활화 하라.**

―<u>청렴규정을</u> 지키고, <u>주택과 차량을 검소히</u> 하라.

　시진핑 주석의 의도는 공직자와 국민들 사이에 밀접하게 연결되어 있는 구체적인 8개 내용을 규정하여 선포하니, 공직자는 민폐(民弊) 끼치는 8가지의 구체적인 행동을 최소화 하라는 뜻이었다.

　8항 규정(八項規定)은 중국 최고 지도자가 공무원의 부패를 방지하고 신정권의 기강을 바로 새우기 위해 발표한 조치인데, 그 내용을 보면 상당히 단순화 되어 있는 느낌을 받는다.

　① 조사연구, ② 회의활동, ③ 문서보고, ⑥ 신문보도개선, ⑦ 저작발표 제한 등 5개 내용은 공직자가 중심이 되어 떠드

는 비생산적인 토론은 그만하고, 백성들과 많은 토론을 하되 말을 아끼라는 뜻이다.

8개 조항 중 5개 조항이 바로 말(言語)과 연결이 된다. 더 간단히 말하면 말조심해야 한다는 의미가 있다.

⑤ 경호업무 개선은 외부 나갈 때 폼(form) 그만 잡고, 교통관제(交通管制)를 최소화하여 교통대란의 주범이 되지 말라는 뜻이었다.

다음 ④번과 ⑧번이 8항규정의 핵심 내용인데, 아니나 다를까 이후 대부분의 공직자들은 이 ④번과 ⑧번 규정에 의해 경고, 면직 등의 철퇴를 맞게 된다.

④외부활동 규범화는 외부인을 만날 때 화려하지 않게 사람들을 만나고, 규범 안에서 적당히 마시고 즐기라는 의미가 있다.

이후 이 규정에 의해 비싼 밥을 먹은 사람, 비싼 술을 먹은 사람, 비싼 차(茶)를 마신 사람, 결혼, 생일잔치를 크게 한 사람, 친인척 경조사를 화려하게 한 사람 등이 모두 이 규정에 어긋나 경고 처분을 받는다.

마지막 ⑧번 근검절약의 생활에서는 검소한 주택과 차량

을 직접 거론하고 있다. 공직자가 어디서 그렇게 많은 돈이 나왔는지는 알 수 없으니, 공직자 수준에 맞는 주택에서 공직자 수준에 맞는 차량으로 생활하라는 뜻이었다.

그런데 이 「8항규정(八項規定)」이 발표되고, 공직자들이 이로 인해 직접적인 제한을 받으며 행동으로 실행되기 시작하자 중국 시장에서는 예상치 못한 일들이 순식간에 벌어지기 시작한다.

최고가(最高價) 술을 제조하던 회사의 주가(株價)가 급락하고, 대·중·소도시 할 것 없이 지역을 대표하던 호화(豪華)고가 식당들이 문을 닫거나 업종 전환을 하게 된 것이다. 심지어 호화 식당들의 영업축소가 중국 전체 경제성장률에 부정적인 영향을 미치고 있다는 평가가 나올 정도였다.

외부활동 규범화의 규정에 따라 공무원, 국영기업, 국영조직, 학교 등 이와 연관되어 있던 사람들의 먹고, 마시는 행위가 모두 이 조항에 걸려들게 되었고, 마침내 먹고, 마시는 패턴(pattern)이 변화되면서 중국 요식업계가 갑작스런 구조조정을 맞이하게 된 것이었다.

■ 민이식위천(民以食爲天) ─ 밥은 곧 하늘이여

물론 중국식당의 총량이 줄어들지는 않았다.

왜냐하면 새로운 규범화 규정이 정하는 범위 내에서 가격 등을 조절하고, 호화식당을 실무식당으로 전환 하면서 변화를 통해 살아남았기 때문이다.

어쨌거나 8항 규정으로 인해 시내 호화식당은 종적을 감추고 중국의 식당 문화는 급 변화를 맞이하게 된다.

그런데 시진핑 주석의 8항 규정이 말(言語)과 밥(食事)을 집중적으로 제한하고 있음을 알 수 있는데, 간략하게 풀어보면 일장연설(long speech)을 적당히 가려서 하고, 먹고 마시는(eat and drink) 행위를 검소하게 하라는 뜻이다.

다시 말하면, 지금껏 중국인들은 먹고, 마시고, 말을 통해 다른 사람들과 교류를 하였고, 먹고 말하는 것은 교류를 넘어 어느덧 비즈니스(business) 최고의 방법적 가치가 되어 있었던 것이다.

먹고 마시면서 인간관계가 만들어지고, 먹고 마시면서 신뢰가 쌓이며, 먹고 마시면서 사업을 논의하고, 먹고 마시면서 협력의 범위를 넓혀가고 있었는데, 말과 먹는 것을 제한하는 중국의 식당들이 어찌 8항 규정의 영향을 받지 않았 겠는가?

앞 장에서 우리는 중국 상인들의 정신적 유대(紐帶)와 결 합(結合)에 대해 논의해 보았으며, 서로가 관계를 맺고, 친구 가 되고 형제가 되어 어려움을 극복하고 시장을 확대하는 것이 중국 상인들의 중요한 특징 중 하나로 분석하였다.

그렇다면 중국 상인을 결합시키고 유대감을 함께 가질 수 있도록 하는 구체적 방법은 무엇일까? 바로 밥과 말이다.

중국 상인들에게 있어, 반점(飯店)이란 밥을 먹는 곳이 아 니고, 사업을 논의하는 곳이며, 말은 사람의 마음을 보여주 는 중요한 실천적 수단이 된다.

중국인들은 식당에서 술과 음식을 함께 나누며, 교류하 는 것을 최고의 교류가치로 여기고 있기 때문에 그 공간과 상황에서 자신의 마음을 어떻게 표현하는지는 매우 중요한 사업의 수단이 된다.

만약 당신이 지금 중국 상인들과 함께 밥과 술을 나누면 서, 대화를 함께하고 있다면, 당신과 그들과의 관계가 깊어 지고 있다고 판단하면 틀림없다.

거꾸로 이런저런 이유로 밥 먹는 약속을 잡기가 어려워진다면 그들과의 관계는 분명히 소원(疏遠)해지고 있는 것이다.

밑줄 함께 먹고 있다면, 좋은 관계가 형성되고 있는 것이고, 밥과 술을 수시로 나누고 있다면, 마음속에 담긴 말을 나누어도 상대방이 받아줄 준비가 되어 있다는 의미이다.

밥과 술이 사업의 성공여부를 담보하여 주지는 않을 지라도 최소한의 체면은 지켜줄 것이니, 하고 싶은 말이 있다면 그 타이밍(timing)을 활용하면 틀림없다.

민이식위천(民以食爲天)이라 했다. '백성들에게 있어 먹을 것은 하늘이다.'라는 뜻이다. 중국 상인과의 교류라면 두말할 나위가 없다.

중국인과의 교류에 있어 밥(食)은 배부름(飽)이 아니라 깊어지고(深) 두터워짐(厚)이다.

중국 상인들과 술과 음식을 함께 나누는 것은 최고의 교류가치이다. 그곳에서
자신의 마음을 어떻게 표현하는지는 매우 중요한 사업의 수단이 된다. 밥을 함
께 먹고 있다면, 좋은 관계가 형성된 것이고, 밥과 술을 수시로 나누고 있다면,
마음속에 담긴 말을 나누어도 상대방이 받아줄 준비가 되어 있다는 의미이다.
말을 통한 교류는 정서뿐 아니라 정보수집 능력에서 결정적인 차이를 보인다.
밥을 먹으면서 함께 떠들고 있다면, 그들과의 관계는 이미 깊어지고 있는 것이
다.

■ 불타불상식(不打不相識)

─ 서로 싸우면서 서로를 깊이 알아가다

중국 상인에게 사적(私的)인 만남이란, 서로가 말을 하면서 음식과 술을 함께 먹고 마시는 것이다.

말, 밥, 술의 문화는 중국인에게 있어 피할 수 없는 사교(social intercourse)로서, 상인과 관계를 맺어주고, 형제의 마음을 전달하여, 서로의 마음을 열게 하는 가장 핵심적인 역할을 한다.

그런데 이 상황에서 중국말을 못해 함께 있는 중국인들과 교류를 할 수 없다면 어떻게 될까? 중국인과의 깊이 있는 관계 형성은 요원(遙遠)해질 수밖에 없을 것이다.

중국 경험을 갖고 있는 일부 기업인들은 어설픈 중국어를 쓰느니 통역(通譯)을 고용해서 정확한 정보를 습득하는 것이 더욱 효율적이라고 항변하기도 한다. 그리고 많은 사람들이 이러한 생각에 동감하고 있다.

그러나 통역을 쓰는 것은 공개석상에서만 그리고 공식석상에 한해서만 효율과 의미가 있다.

만약 술을 마시고 밥을 먹을 때 내가 아닌 통역을 통해 의사를 전달하게 되면, 상대방에게로 향하는 의미 전달이 한 템포(tempo) 느릴 수밖에 없고, 심지어 정확한 정서 전달이 되지 않기 때문에 상대방과의 감정에서 거리가 생길 수밖에 없다.

게다가 장기간의 만남이 이런 식으로 지속된다면, 분명히 통역한 사람이 오히려 더 그들과 더 가까워져 있을 것이다.

조직 관리에서는 말할 것도 없다. 중국어 구사가 불가하면, 일선에 있을 수 없으며, 정확한 조직 점검은 불가능하다.

그리고 무엇보다 직접적인 의사 교류가 되지 못하면 사적인 만남을 함께 할 수 없으니 정서를 함께 나누는 것은 사실상 불가능한 일이다.

다시 한 번 강조하지만, 중국인과 거래 기간이 길어지면 길어질수록 더욱더 그러하다.

중국에서 사적 만남이란 함께 술을 마시고, 말을 하는 것으로 중국인들과는 피할 수 없는 사교이며, 이러한 방법을 통해 관계가 맺어지고, 형제가 된다는 사실을 반드시 기억해야 한다.

그리고 대화를 통한 중국인과의 의사소통은 정서뿐 아니라 정보수집 능력에서도 엄청난 차이를 보인다.

현재 중국의 경제발전 정도를 지역별로 나누어 보면 일반적으로 광둥성(廣東省)을 중심으로 하는 남방지역 경제와 북방지역의 경제로 나눌 수 있다.

그리고 남방지역의 경제는 북방지역의 경제보다 늘 앞서간다는 평가를 받고 있다.

그런데 남방과 북방 간에 나타나는 경제발전 차이의 원인 중 하나가 중국 언어에 있다고 하면 아마도 상당히 많은 사람들이 의아해 할 것이다.

지금부터 중국 상인과 언어에 관계된 중요한 비밀을 하나 얘기하고자 한다.

만약 남방의 광둥(廣東) 사람이 북방의 랴오닝(遼寧) 사람을 만날 때는 어떤 말을 사용할까? 당연히 우리가 알고 있는 일반 중국어, 즉 보통화(普通話, standard mandarin)를 사용한다.

그러면 광둥 사람들 끼리 만난을 때는 무슨 말을 사용할까? 고향사람들과 함께 하는 것이니 당연히 고향 말인 광둥화(cantonise)를 사용하여 의사소통을 한다.(※중국에서는 일반 중국어인 보통화와 구분하여, 광둥지역의 언어를 웨위(粵語)라고 표현함.)

그렇다면 복수의 사람들이 섞여 있을 때는 무슨 말을 사용할까? 일반적인 얘기라면 보통어를 사용하겠지만, 만약 사업과 관련된 대화가 필요한 시간이라면, 그리고 사업과 직접 관련된 중요한 정보가 오고가야 하는 순간이라면, 광둥 사람들은 자기 바로 앞에 랴오닝 사람이 있어도 광둥 사람들끼리는 광둥어로 서로 의사소통을 한다.

왜 그럴까? <u>중국 상인들은 자신들만의 언어를 통해 정보의 유출을 최소화로 제한하고 있는 것</u>이다.

광둥인들은 표준어를 모두 구사할 수 있고, 게다가 자신들만의 언어도 동시에 구사할 수 있기 때문에 정보를 취득하고 제한해야 하는 경제활동과 연결될 때면 그들만의 언어가 큰 장점으로 작용을 하게 되었고, 언어를 통해 다른 사람들이 모르는 정보를 통제할 수 있기 때문에 광둥 경제가 타지역에 비해 상대적으로 앞서갈 수 있는 중요한 역할을 하게 된 것이다.

반면 북방인은 표준어만 알고 광둥어를 모르기 때문에 정보의 교류나 정서의 교류에서 밀릴 수밖에 없다는 말이다.(※북방은 소수민족의 언어를 제외하면, 지역 언어를 갖고 있는 성(省)들이 많지 않다.)

일부 식자(識者)들은 표준어에 비하면 광둥어는 일종의 사투리이니 그래도 의사소통은 되지 않겠느냐? 하고 의문을 품을 수도 있을 것이다.

그러나 중국의 지역 언어는 절대로 그렇지 않다.

광둥어는 광둥언어를 배운 사람만 알아듣고, 상하이(上海) 말은 상하이 말을 배운 사람들만 알아듣는다.

지역 언어가 있는 사람들이 본격적으로 지역 언어를 사용하기 시작하면, 보통어만 구사할 줄 아는 사람은 한마디도 알아들을 수가 없다. 우리나라처럼 지방색이 들어간 사투리의 개념이 아니라 새로운 종류의 언어인 것이다.

그래서 1949년 건국한 신중국은 중국 전 대륙이 공통으로 사용할 수 있는 표준 언어를 보급하는데, 그 언어가 바로 정부, 학교, 언론에서 사용하는 보통화(普通話)이다.

보통화와 지방언어가 있는 지역의 언어는 완전히 다르다

고 볼 수 있는데, 그 중에서도 저장(浙江)과 광둥(廣東) 지역에서는 지역민들이 지역 언어를 가장 많이 사용하는 것으로 유명하다.

그리고 현재 중국에서 경제가 가장 발달하였으며, 중국 경제를 선도(先導)해 가는 지역은 바로 광둥성(廣東省)과 저장성(浙江省)이다.(※상하이는 저장성과 붙어 있으며, 저장언어 계열에 속함)

하물며 외국인과 거래를 할 때 중국어를 못하는 외국인이 있다면, 그들이 얼마나 외국인을 고려해주고, 보호해 주며, 열린 마음으로 정확한 정보를 함께 공유해 줄까?

중국어 구사가 안 되면 정보 취득에서는 무조건 뒤쳐진다고 보아야 한다.(※물론 기술이나, 투자와 같은 방식으로 그 벽을 넘는 경우를 완전히 부정할 수는 없을 것이다.)

「불타불상식(不打不相識)」이라 했다. 중국 고서(古書) 중에서 영웅본색(英雄本色)쯤 되는 스토리를 갖고 있는 수호전(水滸傳)에 나오는 말인데, 서로 싸우면서 깊이 알아간다는 말이다.

글자 그대로 해석을 해보면, 싸우지 않으면 상대방의 능력이 어떠한지 알 수 없다는 말이다.

그럼 어떻게 싸울까? 정말로 주먹질을 하고 옷깃을 쥐어 잡으며 싸울까?

중국 상인들은 말(言語)로 겨루고, 말로 상대방을 알아가며, 말로 깊어진다.

중국 상인들은 끊임없이 말(言語)을 통해 각자의 직관(直觀)과 변증(辨證)을 표현하고, 함께 떠들며 소리를 높인다. 말로서 만나고 말로서 헤어진다고 해도 과언이 아니다.

만약 중국 상인과 밥을 먹으면서 함께 떠들고 있다면, 이는 무언가를 겨루는 소리이고, 상인과 겨루는 소리들이 늘어나고 쌓이고 있다면, 그들과의 관계는 깊어지고 있다고 볼 수 있다.

중국 상인들 간의 교류가 바로 이러 할진데, 중국인들이 어찌 언어 배우기를 소홀이 할 수 있겠는가!

그리고 중국 시장을 품고, 거상을 꿈꾸는 당신이 어찌 중국어 배우기를 소홀이 할 수 있겠는가?

중국 상인들과 함께 어울리기 위해서는 반드시 자기가

할 수 있는 범위 내에서 할 수 있는 만큼의 중국어를 공부해
야 할 것이다.

시대를 초월한 중국의 영원한 스승 공자(孔子)님께서는
세상이 어수선한 춘추전국(春秋戰國)시기, 논어(論語) 첫 구
절에 '배우고 다시 익이면, 또한 기쁘지 아니한가!(學而時習之
면, 不亦說乎라)'라고 하시며 만고(萬古)의 진리를 강조하셨다.

지금 우리는 새로운 중국의 자본시대를 맞이하고 있다.

중국 사업의 성공을 위해서는 「학이시습중국어(學而時習
中國語)면 상인관계불역가심호(商人關係不亦加深乎)」라는 새
로운 진리가 거상을 꿈꿀 수 있는 상인의 답이 될 것이다.

學而時習中國語(학이시습중국어)면
商人關係不亦加深乎(상인관계불역가심호)라.

중국어를 배우고 수시로 익히면, 상인과의 관계 또한 더
깊어지지 아니하겠는가!

VII

건강한 몸은 상인에게 무한의 투자 가치 시장이다.

신체시혁명적본전身體是革命的本錢이며,
건강시상인적무한재健康是商人的無限財라.

내 몸이 혁명의 가장 중요한 밑천(본전)이며,
건강은 상인에게 무한의 재부가 되느니라!

■ 푸른 산이 남아 있다면, 최소한 땔감 걱정은 없어

한 인물이 자신의 뜻을 펴고 큰일을 하고자 한다면, 여러 분야에서 준비하고 계획하는 적극적인 마음 자세와 준비된 것을 진행하는 강한 의지가 필요할 것이다.

상인 또한 성공적인 결과를 얻어내기 위해서는 그것을 바라보는 심적 자세가 매우 중요할 것이다.

형세를 긍정적으로 바라보고 그것을 해낼 수 있다고 하는 자신감은 출발을 가능하게 만들 것이고, 힘들고 지칠 때

이를 계속해서 이어나갈 수 있는 강한의지는 일을 지속적으로 이끌 수 있을 것이며, 시장을 형성하고 이를 유지할 수 있는 전문적 지식과 지략은 성공적인 결과를 도울 것이다.

그러나 이러한 심적 요소는 일의 결과가 아니라 일을 추진하는 과정의 일부분이며, 과정은 반드시 어떠한 한 요소가 전제(前提)로 받쳐줄 때 비로소 시작이 되고 결과를 얻어 마무리가 될 수 있다.

그렇다면 일의 시작과 끝의 전제조건(前提條件)은 무엇일까? 일의 시작과 끝은 바로 내 몸, 신체(身體)로서, 중국 상인에게 있어 건강한 몸을 유지하는 것은 좋은 결과를 얻기 위한 최고의 덕목이다.

그러나 우리는 상인의 길을 강조함에 있어 그가 갖는 이상적 준비의 길만 강조할 뿐 신체(身體) 요소는 당연히 따라오는 것으로 받아들이는 경향이 있다.

그러다 보니 내 몸을 돌보지 않는 것은 물론이요, 과로(過勞), 무분별한 생활, 돌보지 않는 건강관리 등으로 심지어 내 몸을 홀시(忽視)하기까지 한다.

그러나 건강은 내 사업을 위한 모든 것의 기본이고, 미래를 향한 준비이며, 흔들림 없는 미래의 기회이다.

푸른 산과 땔감 이야기를 통해 기본이란 것이 무엇인지에 관해 생각해 보자.

유득청산재(留得靑山在)면, 불파몰시소(不怕沒柴燒)라.

아주 먼 옛날 산에서 나무를 베어 목탄(木炭)을 만들어 생계를 유지하던 아버지와 형제가 있었다.

아버지는 아들들이 산처럼 크게 되라는 의미로 큰 아들에게는 청산(靑山)이라는 이름을 지어주었고, 작은 아들에게는 홍산(紅山)이라는 이름을 지어주었다.

시간이 흘러 아버지는 임종(臨終)을 앞두게 되었고, 아버지는 그동안 관리하던 산을 형제에게 나누어 주었다.

"아버지가 죽거든 서(西)쪽 저 산은 형 청산이가 갖고, 동(東)쪽 저 산은 동생 홍산이가 갖도록 하여라." 재산상속에 관한 아버지의 마지막 유언이었다.

① 동생 홍산의 산

동생 홍산이가 아버지에게 물려받은 동쪽산은 숲이 울창하고 오래된 나무들이 많아 나무를 베어, 태우면 품질 좋은 나무 숯을 풍성하게 생산할 수 있었다.

부지런하고 성실한 홍산은 아버지로부터 물려받은 동산에서 열심히 나무를 베었고, 이를 숯으로 만들어 시장에 내다 팔았다.

시간이 지나 홍산에게는 조금씩 조금씩 돈이 쌓이기 시작했다.

그런데 성실한 홍산이 그렇게 열심히 동산(東山)에서 나무를 베어 목탄을 만들어 돈을 모은 시간이 5년을 지나자, 동산(東山)에서는 나무가 보이기 않기 시작했다.

부지런한 홍산이 나무를 모두 베어 숯을 만들어 팔아버린 결과였다.

홍산은 나무를 키워야겠다고 생각하고 미래를 준비하는 마음으로 산에 묘목(苗木)을 심고 정성을 다해 돌보았다.

그러던 어느 시기 큰 비가 내려 마을에 홍수가 났고, 홍산이 열심히 돌보고 가꾸었음에도 불구하고, 아직 산에 뿌리를 내리지 못한 묘목들이 뿌리째 뽑혀 물에 휩쓸려 내려가고 말았다.

그러자 홍산에게는 바로 시련이 찾아 왔다.

베어낼 수 있는 나무가 없으니 숯을 만들 수 없었고, 미래를 위해 준비한 묘목마저 뿌리가 뽑혀 모두 유실(流失) 되었으니 동산에서는 이제 더 이상 먹고 살 길이 없었던 것이다.

홍산은 형 청산을 찾아 서쪽 산으로 향했다.

② 형 청산의 산

형 청산이가 아버지에게 서쪽 산을 물려받을 때부터 서쪽 산은 동쪽 산에 비해 나무가 많지 않았다.

그러나 형 청산은 서쪽 산을 운영할 장기계획을 세우고는 제일 먼저 열심히 묘목을 심었다.

그리고 크게 성장하지 않은 나무는 그럴싸하게 보여도 베지 않았다. 나무가 자라는 동안 산을 새롭게 활용하는 방안도 생각했다. 밭을 일구고 가축을 키운 것이었다.

형 청산이는 서쪽 산 아래의 황무지를 개척하여 밭을 일구었고, 풀을 먹여 소와 양을 키웠다.

아버지로부터 서쪽 산을 물려받은 몇 년간 청산의 경제 생활은 궁핍하고 힘들었다.

그러나 5년이 지나자 심어놓은 묘목은 자라서 큰 나무가 되었고, 산 아래 개척한 황무지에서도 밭작물이 수확되기 시작하였으며, 풀을 먹고 자란 소와 양도 어느새 큰 무리를 이루었다.

그러던 어느 시기 큰 비가 내려 마을에 홍수가 났다. 산도, 들도 모두 물로 뒤덮었다.

그러나 청산이 관리했던 서산(西山)은 그간 5년 사이 나무들이 성장해서 울창한 숲을 이루었고, 묘목들은 이미 산에 뿌리를 내려 큰 비에도 흔들림이 없었다.

그래서 그런지 홍수가 지나간 후 서산(西山)의 나무들은 오히려 더 푸르게 성장해서 산을 지키고 있었다.

청산은 이번 홍수로 인해 아무런 피해도 입지 않은 것이었다.

한편, 홍수로 황폐해진 동쪽 산을 두고 아우 홍산이 형에게 의탁하기 위해 찾아왔다.

아우 홍산은 아무런 피해도 입지 않은 서쪽 산이 너무 신기했다. 아니 오히려 더욱 울창해진 푸른 산을 보면서 의아하게 형에게 물었다.

"제 산은 홍수로 모든 것을 잃고 아무것도 남지 않았습니다. 심지어 이제는 나무가 없어 이번 겨울을 나기 위한 땔감조차 없습니다. 그러나 같은 비가 내렸음에도 불구하고 형님 산은 아무런 피해도 입지 않았습니다. 형님 산이 여전히 푸른 이유는 무엇입니까?"

형이 동생에게 말하였다.

"너는 부지런하고 성실하였으나 산에서 나오는 수확물을 열심히 찾아 먹기만 했을 뿐 돌보지는 아니하였기 때문이다. 돌보지 않아도 산에서는 수확물이 자연히 생긴다고 생각하였기 때문이지. 그리고 마침내 산의 나무들이 점차 없어지게 되면서 산도 홍수를 이길 힘을 상실하게 된 것이지! 산이 산의 근본인 나무를 모두 잃는다면, 산인들 어찌 홍수를 버틸 수 있겠느냐?

그러나 걱정 말아라. 홍수가 마을을 뒤덮고 동쪽 산을 황폐하게 만들었으나 서쪽엔 아직 푸른 산이 남아 있지 않느냐! 푸른 산만 남아 있다면(留得靑山在, 유득청산재), 땔감 걱정을 할 일은 없을 것이다(不怕沒柴燒 불파몰시소)"

내가 갖고 있는 모든 것을 잃어도 근본을 잘 지키고 근본만 남아 있다면, 언제든지 재기(再起)의 기회는 다시 올 수도 있다는 의미였다.

상인에게 있어 고난(苦難)과 재기(再起)는 병가(兵家)에서의 승패(勝敗)와도 같은 상사(常事)일지도 모르겠다.

그렇다면, 상인에게 있어 사업 정세(情勢)가 변하거나, 세상의 인심(人心)이 변해도 후일을 기약할 수 있는 근본(根本)은 무엇일까?

건강한 몸은 모든 경제 행위의 기초가 되고, 자신의 강한 정신적 이념과 전략을 행동으로 옮기기 위한 전제조건이 되며, 미래를 기약(期約)할 수 있는 최고의 자산이다.

이 세상에 건강의 소중함을 부인(否認)하는 사람은 없다.

그러나 건강을 당연히 주어지는 것으로 받아들일 뿐 건강을 유지하기 위해 실천을 하거나 또는 큰 가치를 두고 이를 인생 성공의 한 방향으로 설정하는 경우는 많지 않다.

그러나 중국 상인들은 <u>건강(健康)을 상업(商業)의 본전(本錢, 밑천)으로 생각하고</u> 건강관리를 위한 특별한 시간들을 할애하여 생활 속의 건강을 상업 성공의 발판으로 삼는다.

왜냐하면, 상인의 입장에서 보면 건강이란 무한의 가치가 있는 투자시장이기 때문이다.

■ 행동기, 휴식기, 수면기 ―그리고 아침밥과 숙면

생활 속에서 철두철미하게 묻어나는 건강에 대한 중국 상인들의 철학을 살펴보도록 하자.

중국 상인들은 바쁜 생활 가운데서도 규칙적인 생활을 건강 철학의 제일로 삼고 있는데, 규칙적인 생활의 제일 먼저는 조수조기(早睡早起), 즉 일찍 자고 일찍 일어나는 것이다.

우리 몸의 주기(週期)는 △행동기(行動期), △휴식기(休息期), △수면기(睡眠期)로 나뉘어 변화하며 활동한다.

행동기란 몸과 정신을 집중해서 일을 직접 추진하고, 일의 성과(成果)를 표출하는 시간으로, 이 시간에 우리는 업무 해결을 위한 사고(思考)를 하고, 말을 하며, 몸을 움직인다.

그러니까 우리가 목적의식을 갖고 집중해서 일을 하고 움직이는 시간이 행동기이다.

휴식기란 행동기를 마친 후에 지친 몸과 마음을 완화 (RELAX) 하는 시간으로, 업무와 관련 없는 분야에서 우리의 몸과 정신이 집중되는 시간이다.

휴식기는 업무로 인해 쌓여있는 긴장을 풀어내는 시간으로서, 일하는 시간(행동기)과 잠자는 시간(수면기)을 제외한 시간들이 여기에 속한다.

산책하기, 전공서가 아닌 교양서 보기, 친구들과 수다 떨기, 좋아하는 사람들과 함께 밥 먹기, 운동하기, 차(茶) 마시기, 일과 상관없는 술 마시기, TV 시청하기, 음악 감상하기 등의 여가 시간이 여기에 속하는데 중요한 것은 몸과 마음이 업무와 상관없이 움직이고 생각을 하는 시간이며, 수면기에 갖게 되는 수면충전과는 구분되는 휴식의 시간이다.

마지막으로 수면기(睡眠期)인데 수면기는 몸과 마음이 잠을 자면서 기운(energy)을 충전하는 시간으로서, 내 몸이 하루를 마감하는 시간이기도 하지만, 행동기 전에 내 몸이 충전되는 시간이기 때문에 활동을 위한 시작의 시간이기도 하며, 그 최고의 방법은 숙면(熟眠)이다.

이렇게 우리 몸과 정신은 행동기, 휴식기, 수면기의 주기를 통해서 활동을 하고 있는데, 하루가 24시간이니 각 주기가 8시간씩 나누어 활동을 할 수 있다면 우리 몸도 최고의 컨디션(condition)을 유지할 수 있다고 생각하면 틀림이 없다.

즉 8시간 일을 하고, 8시간 휴식을 취하고, 8시간 잠을 잘 수 있다면 몸의 건강은 최고 상태로 유지될 수 있는 것이다.

그런데 사업가에게 있어 시간은 곧 전(錢)이 되니, 주어진 바쁜 업무 속에 각 주기를 8시간으로 나누어 활용하기란 좀처럼 쉬운 일이 아니다.

그래서 우리 몸에는 이 주기를 보완하여 몸이 버틸 수 있는 대안을 제시해 주어야 하는데 휴식기와 수면기의 시간을 줄이고 행동기의 시간을 늘리는 것이다.

휴식기를 2시간 줄이고, 수면기를 2시간 정도 줄여 행동기를 8시간에서 4시간 정도 늘려 12시간 정도로 활용을 하게 되면, 내 몸이 버틸 수 있는 마지막 주기가 된다.

그러니까 일이 너무 많아서 하루 12시간을 넘게 일을 하고 노동을 지속한다면, 그때부터 우리 몸은 과로(過勞) 후유증과 스트레스(stress) 후유증이 조금씩 쌓이게 되고, 마침내 몸은 망가지기 시작하는 것이다.

우리 몸은 이러한 신체주기(身體週期)를 갖고 있기 때문에 몸이 필요로 하는 가장 이상적인 하루의 활동은 아침에 일어나서 휴식기를 거쳐 행동기에 들어가고, 행동기 중에 약간의 틈새 휴식기를 거치며, 행동기를 마친 후에 휴식기를 거쳐 수면기에 들어가면 몸의 건강 상태는 틀림없이 최고의 상태가 유지될 수 있다.

그리고 이 시간들을 합쳐보면 8시간씩 맞춰지게 되는데 이것을 우리 몸의 8·8·8 신체주기로 이해하면 된다.

그런데 여기서 매우 중요한 원리 중 하나는 우리 몸은 행동기에서 수면기로 바로 변화될 수 없다는 것이다.

즉 잠자기 전에 휴식기를 취해주어야 하고, 휴식기를 거친 후에야 비로소 최고의 숙면(熟眠)에 들어갈 수 있게 된다.

예를 들어 새벽까지 일을 하다가 일을 바로 중지하고 잠을 자게 되면, 몸이 피곤해서 숙면에 들어갈 것 같지만 사실,

몸은 피로하지만 정신과 몸은 깨어서 일정한 시간을 더 활동해야 하기 때문에 숙면을 취할 수 없으며, 건강을 위한 잠이 될 수 없는 것이다.

따라서 <u>퇴근 후 여가시간(휴식기)을 보내다 잠을 청(請)하는 사람이 더 건강한 숙면을 취할 수 있게 된다.</u>

수면기에 들어가게 되면 내 정신은 모든 활동을 멈추고 최고의 완화(RELAX) 상태에 놓이게 된다.

반면 몸은 수면기 중에도 이에 맞는 적합한 운동을 해서 몸에 쌓여있던 잔여 에너지(Residual Energy)를 모두 발산하게 되는데, 수면기의 중요 기능 중 하나가 바로 이 잔여 에너지(Residual Energy)를 배출하기 위한 것이다.

즉, 우리가 아침에 눈을 뜰 때는 잔여 에너지를 발산한 후의 시기이기 때문에 우리 몸은 새로운 에너지를 필요로 할 수밖에 없게 된다.

그래서 만약 아침에 일어나 내가 늘 새롭게 하루를 시작하는 느낌을 받고 있다면, 내 몸이 숙면과 잔여 에너지의 배출 과정을 통해 최고의 수면기를 보내고, 새롭게 태어나게 되었으며, 최상의 몸 상태가 유지되고 있다고 보면 틀림

없다.

그렇기 때문에 우리 몸은 숙면을 통해 잔여 에너지를 배출한 아침시간에 새로운 에너지의 공급을 필요로 하고, 아침 시간에 우리 몸은 바로 새로운 음식(飮食) 에너지를 원하게 된다.

일찍 자고 일찍 일어나는 습관은 우리 몸이 갖고 있는 행동기, 휴식기, 수면기의 주기 변화와 흐름을 자연스럽게 최적화 시킬 수 있고, 결과적으로는 가장 편안한 잠을 유도하게 하여, 아침 시간을 최대의 효율적 시간으로 활용할 수 있게 만든다.

① 아침밥은 하루의 에너지

일찍 자고 일찍 일어나기가 주는 첫 번째 선물은 여유 있는 아침밥이다.

우리는 가끔 아침밥을 필요로 하지 않는 사람을 볼 수 있다.

그러나 이는 아침밥을 필요로 하지 않는 것이 아니라 몸이 아직 수면기에서 깨어나지 않았기 때문에 활동기에 진입할 준비가 되어 있지 않은 상태이거나 신선하지 못한 잔여 에너지(Residual Energy)가 몸에 남이 있어 음식 에너지를 필요로 하지 않는 상태를 말한다.

이를 잘못 이해하면 잠을 자면서 에너지의 충전을 마쳤기 때문에 음식에너지가 필요 없는 것으로 이해할 수 있으나, 숙면은 에너지를 충전하는 시기일 뿐 아니라 잔여 에너지를 발산하는 시기가 된다.

따라서 아침에 일어나면 배가 고파야 하고, 아침을 챙겨먹는 것은 내 몸이 행동기를 맞이하기 위한 최선의 방법이 된다.

중국 상인들이 <u>일찍 자고 일찍 일어나는 조수조기</u>(早睡早起) 원칙을 견지(堅持)하는 가장 큰 이유는 아침에 일찍 일어나서 <u>아침식사를 멋지게 해결하고, 신선한 에너지를 충전받</u>기 위함이다.

중국은 아침 시장이 매우 발달한 국가이다.

아침 먹거리를 위해 골목마다 조시장(早市場)이 매일매일 열리고 지역 주민들이 모여 들어 신선한 아침 채소를 사서 아침을 해먹는다. 우리나라에서는 밤에 사람이 모이고, 야시장(夜市場)이 서는 것과 비교하면, 상당히 대조적이다.

세계 어느 나라의 가정이 전날 미리 준비한 식재료(食材料)로 아침을 준비하지 않고, 당일 새벽에 시장을 봐서 아침을 준비한단 말인가!

도매시장이 아닌 다음에야 아침에 지역 골목에 식재료 시장이 서고, 식재료를 구입해서 음식을 해먹는 사람이 어디 있단 말인가!

중국 상인들이 일찍 일어나는 이유는 바로 <u>아침밥을</u> 반<u>드시 챙겨 먹음으로서 신선한 에너지를 공급</u>받기 위함이었던 것이다.

② 차(茶) 마시기는 마음의 에너지

아침밥 외에 중국 상인들이 챙기는 대표적인 건강비법은 차(茶) 마시기이다.

중국 전설에 따르면 중국 의약(醫藥)과 농업(農業)의 아버지로 불리는 신농씨(神農氏)가 약초를 고르기 위해 여러 풀들을 맛보다가 독(毒)에 중독이 되었는데, 같은 풀 종류인 차(茶)를 마신 후에 해독이 되었다고 한다.

그래서 그런지 중국인은 차가 몸에 좋다고 하는 절대적

인 믿음이 있고, 수시로 차를 마신다.

(※ 중국의 차 문화 이야기는 상인뿐 아니라 중국인 전체에 해당되는 이야기로 자세한 이야기는 다음 기회에 하기로 하고, 여기서는 차를 마시는 습관적 관리 가치만 얘기해 보자.)

끓인 물에 차 잎을 담그고, 30도쯤 식어 내릴 때 차를 마시면, 소화를 도와 위(胃)를 건강하게 하고, 혈관의 수축을 막아 혈액 순환을 도와 몸을 평안하게 하며, 두뇌의 사고(思考) 작용이 확장되면서 건강을 유지하는 비법이 된다는 것이 차에 관한 가장 핵심적인 철학이다.

특히 상대방과 대화를 하면서 차를 마신다면 우리 몸은 휴식기 기능과 활동기의 기능을 동시에 담당할 수 있으니 몸의 건강을 유지함과 동시에 사업을 동시에 추진할 수 있는 최고 수단이 아닐 수 없다.

세계의 많은 상인들은 사업 파트너(partner)와의 관계 증진을 위해 상당한 시간을 술을 함께 마시기에 할애한다. 그러나 중국 상인들은 술뿐만 아니라 차를 마시면서도 파트너와의 관계를 증진시킨다.

그런데 상인의 입장에서 차의 성능을 얘기하자면, 술을

마시고 실수한 사람은 있어도, 차를 마시고 실수한 사람은 없다는 것이 가장 큰 차이이다.

특히 협상, 조절, 담판 등의 절차가 남아 있다면, 차는 두뇌의 사고 작용을 돕는 최고의 두뇌 에너지 음료가 될 수 있다.

중국에서 차(茶) 가격이 각 수준별로 엄청나게 다양한 이유는 차를 마시는 것이 몸에 좋다고 하는 절대적인 믿음이 함께 하고 있기 때문이며, 차를 마시면서 건강을 마신다고 생각하는 중국 상인들의 철학이 함께 투영(投影)되어 있기 때문이다.

일찍자고 일찍일어났다면
일단 절반은 따고 들어가는 거지.
아침밥먹고 차 한잔하고 들어가자

건강한 몸은 상인에게 있어 무한의 투자 가치 시장이다. 일찍 자고 일찍 일어나고, 아침식사를 멋지게 해결하여, 신선한 에너지를 공급받을 것이며, 협상, 조절, 담판 등의 절차가 남아 있다면, 차를 마셔 두뇌의 사고 작용을 도와라. 상전(商戰, 상업전쟁)에서 장렬하게 사망하는 전사에게는 아무것도 남겨지지 않는다. 건강한 몸만 갖고 있다면, 상업은 당신에게 언제까지라도 은퇴를 통보하지 않는다. 그래서 건강한 내 몸은 사업의 밑천……

■ 신체는 혁명의 가장 중요한 밑천이다
― 신체시혁명적본전(身體是革命的本錢)

중국 저장성(浙江省)에 왕쥔야오(王均瑤)라고 하는 거상(巨商)이 있었다.

1966년 저장성의 가난한 어촌에서 태어난 그는 고등학교를 마치기도 전에 16살 때부터 장사를 시작해서 민간항공, 유업(乳業), 부동산 등을 통해 엄청난 부를 이루었고, 대학교에 장학금으로 수천 위안(한화 수십억 원)을 투척하면서 독지가(篤志家)로도 꽤 유명한 상인이 되었다.

그런데 거상 왕쥔야오(王均瑤)는 어느 날 과로(過勞)로 인해 갑자기 사망을 한다. 자수성가의 주인공인 거상 왕쥔야오가 38세에 졸사(猝死)를 하게 된 것이다.

그리고 시간이 얼마 지나지 않아 그는 살아 있을 때보다 사람들로부터 더 많은 관심을 받게 되는데 안타깝게도 그를 추모하는 분위기가 형성되었다거나, 그의 숨겨진 사회공헌 기록이 사후에 더 알려져서가 아니었다.

왕쥔야오 사후(死後) 그의 부인은 19억 위안(한화 약 4천억 원)의 유산을 물려받고, 얼마의 시간이 지나지 않아 재가

(再嫁)를 한다. 그런데 그가 재혼을 한 남자는 바로 왕쥔야오 생전에 왕쥔야오의 차(車)를 몰던 운전기사였던 것이다.

훗날 왕쥔야오의 미망인과 결혼한 운전기사 출신의 그 남자는 다음과 같은 말을 남긴다.

"예전에는 내가 사장님을 위해서 일을 한다고 생각했는데, 시간이 지나 이제야 깨달아 보니 사장님이 바로 나를 위해 열심히 일을 한 것이었다."

슬픈 거상 왕쥔야오(王均瑤)의 이야기는 건강이 얼마나 중요한 상인의 최고 가치이며, 아무리 높게 쌓아 올린 재물(財物)도 건강 앞에서는 지극히 낮은 것일 수밖에 없다는 것을 보여주는 절대적인 이야기로 남게 되었다.

아무리 바쁘더라도 절대로 미룰 수 없는 것이 바로 건강이고, 아무리 투자 리스크(risk)가 커도 반드시 투자해야 하는 분야가 바로 건강이다.

상전(商戰, 상업전쟁)에서 장렬하게 사망하는 전사에게는 아무것도 남겨지지 않는다. 돈과 명예 그리고 돈에서 나오는 어마어마한 금권(金權)도 아무것도 남지 않는다. 오로지 슬픔만 남게 될 뿐이다.

그러나 건강관리를 잘한 상인은 상전(商戰)에서 장렬히 전사하지 않을 것이며, 상업의 기회는 항상 함께 할 것이다. 그리고 당신이 건강(健康)한 신체(身體)를 갖고 있다면, 상업은 언제까지라도 당신에게 은퇴를 통보하지 않는다.

아무리 바쁘고 분주해도 건강을 돌보는 것은 어려움을 이겨 낼 수 있는 큰 밑천을 남기는 것이고, 상업의 가치로 보면, 그 무엇과도 비교할 수 없는 가치 시장이 바로 건강인 것이다.

그래서 맨손으로 혁명을 통해 중국을 건국한 중국 혁명의 아버지 마오쩌둥(毛澤東)도 "신체시(身體是) 혁명적 본전(革命的本錢)이라." 즉, "신체는 혁명의 밑천이다."라고 하면서 성공한 혁명의 모든 공(功)과 기본(基本)을 건강한 몸에 돌리게 된 것이 아니겠는가!

반대로 천하제일의 재주를 갖고 있던 제갈공명(諸葛孔明)은 위(魏)나라를 정벌하기 위해 출사하였으나, 천하통일의 사명(使命)을 다하지 못하고 234년 오장원(五丈原)의 진중(陣中)에서 병사(病死)하고 만다.

훗날 당(唐)나라의 시인 두보(杜甫)는 뜻을 이루기도 전에 몸이 먼저 떠나간 제갈공명의 죽음을 슬퍼하며, 출사미첩신선사(出師未捷身先死), 장사영웅루만금(長使英雄淚滿襟)이라고 하는 시를 지어 그를 위로한다.

"군대를 이끌고 전쟁을 나갔으나 적을 물리치기도 전에 몸이 먼저 죽으니, 후세 영웅들이 눈물로 옷깃을 적시는구나!" 하는 뜻이었다.

위로 하여도 듣지 못하고, 슬퍼하여도 듣지 못하는 죽음 앞에 그 무엇이 의미가 있겠는가!

건강을 잘 관리하지 못해 뜻을 이루지 못하고 먼저 떠나가 버린다면, 남겨진 이들의 옷깃에 눈물만 적시게 할 뿐인 것을……

건강한 몸은 상인에게 있어 무한의 투자 가치 시장이다.

신체시혁명적본전(身體是革命的本錢)이요,
건강시상인적무한재부호(健康是商人的無限財富豪)니라!

내 몸이 혁명의 가장 중요한 밑천(본전)이며, 건강은 상인에게 무한의 재부가 되느니라!

VIII

작은 사업은 성실과 함께,
큰 사업은 정치와 함께

소사업小事業은 고성실개시靠誠實開始요,
대사업大事業은 이해정치개시理解政治開始라.

작은 사업은 자신의 성실에 기대어 시작할 수 있지만,
큰 사업은 정치를 이해함으로써 시작이 가능 하느니라.

■ 그들은 어떻게 승자가 되었나

인파출명(人怕出名)이요, 저파장(猪怕壯)이라.

사람은 명성을 날리는 것을 두려워하고, 돼지는 힘이 넘치는 것을 두려워해야 한다.

이 말은 "집에서 기르던 돼지의 살이 토실토실하게 쪄서 돼지의 힘이 넘치는 시기가 되면, 바로 돼지가 도살장으로 끌려가야 하는 시기가 된 것처럼, 사람의 명성이 세상에 날리기 시작되면, 그 시기는 바로 적들로부터 공격이 시작되는 때이니라.

그러하니 나의 명성이 널리 알려지기 시작하여 다른 사람이 나를 우러르며 쳐다봐도 자신의 세력을 절대로 과시하지 말고 상대방에게 늘 순종의 자세를 유지하여야 할 것이며, 순종을 통해 1등으로부터 2등의 자리를 보장받고 훗날을 도모하여야 할 것이다."라는 깊은 의미를 담고 있는 말로서, 중국 상인들이 중국 정부를 상대로 취하는 최고의 처세를 담은 말이다.

어느 나라이든, 어느 무대이든, 그리고 어느 시기이든 상관없이 시대가 바뀌면 늘 새로운 강자가 나타나게 되어있고, 새로운 강자도 시간이 지나면 언제나 무대에서 사라지게 되어있다. 그래서 중국 최대의 두뇌전략 소설 삼국지(三國志)에서는 천하의 대세를 합구필분(合久必分) 분구필합(分久必合) 이라는 전제하에서 시작하지 않았던가!

※ 합구필분(合久必分) 분구필합(分久必合)은 삼국지연의(三國志演義)를 시작하는 첫 구절로 합쳐진 것이 오래되면 반드시 나뉘게 되고, 나뉜 것이 오래 되면 반드시 합쳐지게 된다는 뜻이다.

중국은 역사적으로 정치권 내에서의 새로운 강자(强者) 출현(出現) 주기(週期)가 다른 나라에 비해 상당히 빈번한 편이다. 우리나라처럼 500년을 넘는 왕조가 없었던 것은 물론이거니와 삼국지에서 보는 바와 같이, 이미 세상에 최강자가 있어 세상을 지배하는 시기에도 대륙의 무대에는 또 다른 강자가 나타나 천하를 다분(多分)하며 겨루기도 했다.

그런데 중국 정권권력의 이러한 변화주기에도 불구하고, 세계 최장 정권의 역사를 쓰고 있는 정치세력이 있으니 바로 중국 공산당(共産黨)이다.

중국 공산당은 1949년부터 현재까지 이렇게 큰 중국 대륙에서 나 홀로 집권을 하고 있으니 그야말로 신비의 역사이며, 최고의 안정적인 정권이라 말할 수 있겠다.

그렇다면, 정권권력의 변화주기가 다양한 중국에서 어떻게 중국 공산당은 이렇게 오랜 기간 집권할 수 있는 역사를 가능하게 만들 수 있었을까?

결과적으로 말하면, 합구필분(合久必分)의 역사적 비밀을 잘 알고 있는 중국 공산당이 지금까지 잘 대처를 하여 든든한 정치적 입지를 갖추어 왔고, 이로 인해 중국에는 아직 공산당을 대적할 정치적 라이벌(rival)이 나타날 수 없었기 때문이다.

그런데 이러한 중국의 정치구도 속에서도 중국의 정치세력을 견제할 수 있는 유일한 세력이 나타날 수 있는 분야가 있으니 바로 경제 분야다.

왜냐하면 혁명으로 건국되었던 건국 초기와 비교하면, 중국에도 이미 새로운 경제세력들이 등장을 하게 되었고, 중국 정부도 이제는 새롭게 형성되는 부의 세력과 경제적 영향력을 무조건 억누를 수만은 없는 시대를 맞이하였기 때문이다.

따라서 중국 정부도 이제는 변화를 통해 그들의 재산과 영향력을 보장해야 하는 사회적 시스템을 필요로 하고 있다.

즉, 중국의 정경(政經) 관계는 변화를 최소화 하면서, 변화를 맞이하고 있고, 변화의 위험을 최대한 줄이기 위해 중국정권에 호의적인 사람을 골라 그들에게 더 많은 경제적인 기회를 제공하고 있으며, 더 나아가 중국정권에 위협이 되지 않는 다고 판단이 되는 기업인들에게 더 많은 시장을 허락하는 매커니즘(mechanism)을 형성하여 중국 사회가 발전하고 있다고 판단하면 된다.

바꾸어 말하면, 중국정권에 순응하지 않는 상인이라고

지적되는 순간부터 지적된 상인은 엄청난 장애를 피할 수 없게 되는 매커니즘이다.

중국에는 관상(官商)이라는 말이 있다.

본 의미는 관원(官員)이면서 상업(商業) 활동을 하는 사람을 말하는데, 현재는 관(官)의 후원을 받고 일을 하는 상인을 함축하고 있는 말이다.

자본주의에서 관상이라는 개념은 도무지 이해가 가지 않을 것이다.

공무원이 상업을 한다? 관(官)이 상인을 후원한다? 상인이 관(官)의 후원을 받아 사업을 진행한다?

자본주의에서 말하는 불법 정경유착이 아니라면 어떻게 이런 관계 형성이 가능하단 말인가? 그러나 중국의 특수한 구조 속에서는 가능하다.

중국 정부와 관계를 잘 유지하여 중국 최고 부자가 된 롱씨(榮氏) 집안의 이야기를 잠시 해보도록 하자.

※ 롱씨 가족(榮氏家族)의 경제굴기(經濟崛起) 이야기는 중국 경제사에서 너무도 큰 분량이기 때문에 여기서는 간략하게 중국의

정치와 경제 간의 관계를 소개하는 정도로만 이야기 하도록 한다.

현재 중국에서 중국정권과 동행하며, 최고의 부를 이룬 집안을 뽑으라면, 당연히 롱씨 가족(榮氏家族)을 뽑을 수 있는데, 롱씨 집안은 중국 공산당 정권이 세워지기 이전인 청(淸)나라 말기부터 상하이(上海)를 지역 기반으로 둔 중국 최고의 부자가문 중 한 집안이었다.

중국 건국 전부터 롱씨 집안은 롱쫑징(榮宗敬)과 롱더성(榮得生) 형제를 중심으로 밀가루와 면방직(棉紡織) 공장을 등을 운영하며, 이미 중국 최고의 부자가문 중 한 집안이었다.

1949년 중국 대륙에 공산당정권이 성립되자 대다수의 자본주의 기업인들은 상하이를 떠나갔고, 롱씨 집안의 상당 수 형제들도 홍콩으로, 미국으로 자본을 들고 떠나갔다.

그리고 롱더성의 아들인 롱이런(榮毅人) 가족만 상하이에 남게 된다.

그리고 공산당 정권 성립 7년 후인 1956년 롱이런은 공산당 정권에서 생존하기 위한 중대 결정을 하게 된다.

당시 롱씨 집안이 갖고 있던 자신의 모든 상업제국을 중국 정부에 자발적으로 헌납한 것이다.

당시로는 일종의 노블리스 오블리제(noblesse oblige)의 형식을 통해 중국 대륙의 신정권을 상대로 가문 존멸(存滅)의 승부수를 던져본 것이다.

그리고 전 재산을 자발적으로 공산당에게 헌납한 대가로 롱이런은 신중국 산업발전에 큰 공헌을 한 홍색자본가(紅色資本家)라는 호칭을 수여 받고 이와 동시에 상하이시(上海市)의 부시장(副市長) 직무를 맡게 되었고, 이후 방직공업부(紡織工業部) 부부장(副部長) 등을 역임하며 계속해서 국가 일을 하게 된다.

당시 중국 정책은 사유재산을 국유와 한 후 사유재산을 소유하고 있던 원래의 소유자들에게 일정의 주식배당을 주었다.

따라서 주식배당에 따른 약간의 여유가 있는 것이 다른 가정과 다르다면 다를까, 롱이런이 국가에 전 재산을 헌납한 후 롱씨 집안이 중국대륙에서 별도로 소유하고 있던 재산은 없었다.

그런데 시간이 지나 롱이런 가문을 새롭게 출발시키는 중국의 변화가 시작된다.

중국 공산당의 새로운 정치주인공이자 개혁개방(改革開放)의 총설계사(總設計師)라고 하는 덩샤오핑(鄧小平)이 개혁개방을 통해 새로운 중국의 경제구조를 구축하기 시작하였는데, 개혁개방과 함께 룽이런 가족에게 재기의 기회가 주어진 것이다.

덩샤오핑이 1979년 외자(外資) 및 화교(華僑)들의 투자를 받기 위해 중국국제신탁투자공사(中國國際信託投資公司, China International Trust and Investment Corporation)(약칭 중신, CITIC)을 설립하고 회사 대표로 룽이런을 임명한 것이다.

룽이런이 이끄는 중신(中信)은 합작회사 설립신청, 공동경영, 외채발행 등의 권한을 중심으로, 정부의 관여에서 최대한 자유로울 수 있는 권한을 부여 받아 외자와 기업을 유치하기 시작하는데, 개혁개방 초기, 중국에 진출한 굵직한(important) 화교 자본이나 외국자본 대부분은 중신(CITIC)과의 협력을 통해 중국에 입성했다고 보면 이해가 될 것이다.

그리고 1986년, 중국국제신탁투자공사는 중신(中信)이라는 이름으로 홍콩 시장에 진출을 하게 되는데, 중국 정부는 룽이런의 아들 룽즈젠(榮智健)을 홍콩중신(中信)의 대표로 임명한다.

이시기 롱이런의 아들 롱즈젠은 이미 상하이를 떠나 1978년부터 홍콩에 와서 경제활동을 하고 있었다.

그리고 롱즈젠은 1978년 홍콩에 도착 후, 중국 건국(1949년) 즈음에 이미 중국을 떠나 홍콩에 들어와 경제 활동을 하고 있던 롱씨 사촌 형제들의 도움을 받아 홍콩에서 기업 M&A 등을 하고 있었는데, 홍콩시장에서 하는 것마다 성공을 거두면서 자산도 꽤 모여 있던 상태였다.

그리고 중국공산당은 홍콩에 최초로 설립한 국영투자회사를 홍색자본가의 아들 롱즈젠(榮智健)에게 맡겼던 것이다.

롱즈젠은 이후 홍콩 중신(中信)을 푸타이(富泰)라고 하는 회사를 통해 홍콩 주식시장에 우회상장하고, 회사의 지분율을 조정하여 중국 정부의 주식보유율을 낮춘다.

이후 중신푸타이(中信富泰)라는 새로운 이름으로 회사를 출발시키는데, 롱즈젠이 중신푸타이의 최대 주주가 된다.

이후 롱즈젠은 중신푸타이(中信富泰)의 실질 소유주가 되는데, 2002년 미국 경제지 포브스(Forbes)에 따르면, 당시 롱즈젠의 주식보유액은 850,000,000(8억 5천만)달러로, 2002년부터 롱즈젠은 중국 부호(富豪) 순위 1위에 등극하게 된다.

또한 아들 롱즈젠이 홍콩에서 중국 정부의 도움을 받아 중국 최고의 부호로 등극할 즈음, 중국 정부에 전 재산을 헌납함으로서 살아남은 롱이런은 개혁개방 과정 중 중신(中信)이 보여준 공헌을 덩샤오핑으로부터 인정받아 1993년부터 1998년까지 중국 국무원(國務院) 부주석(副主席)의 책임을 맡게 된다.

1956년 중국 정부에 전 재산을 기부하고, 순응(順應)함으로서 중국 공산당에서 살아남았던 옛 거상 가문이 46년 만에 사회주의 국가인 중국에서 다시 최고의 부자로 등극을 하게 되는 순간이었다.

그렇다면, 롱씨(榮氏) 집안은 어떻게 승자가 되었을까?

롱씨 집안은 먼저 중국 정부에 대한 순종의 뜻을 강력하게 나타냄으로서, 정부로부터 안정을 보장받아 살아남을 수 있었고, 다음은 대변혁 시기를 거치면서 롱씨 집안이 절대적으로 정부를 돕고 있다는 신뢰를 전달하여 정부로 하여금 롱씨 집안을 정부 편으로 인정하게 만들었으며, 마지막으로 이 모든 것을 종합하여 새롭게 찾아온 변화의 시장에서 중국 정부로 하여금 롱씨 집안을 선택하게 함으로써, 롱씨 집안이 중국 최고의 부호에 오를 수 있었던 것이다.

중국 경제사에서 룽씨 집안은 중국의 특수한 정치구도 속에서도 중국 정부와 관계를 잘 유지하여, 정부로부터 노블리스 오블리제(noblesse oblige)의 평가를 받으면서, 세력을 지켜낸 대표적인 상인 가문으로 뽑힌다.

중국에서는 비단(非但) 대기업이 아니더라도 집권당 및 정부와 등을 돌리고는 절대로 성장을 할 수 없다.

왜냐하면 중국은 정권의 주인공이 빨리 변화되는 특징을 역사적으로 잘 알고 있기 때문에 어떠한 경우에도 2인자를 용납하지 않고 있기 때문이다.

중국에서는 상인이 자신의 이름을 일등에 올려놓는 것에 주의하여야 한다.

왜냐하면 중국 정부가 만든 무대가 아닌 곳에서, 당신이 1등을 외치는 순간 중국 정부는 당신을 1등이 될 수 있을 가능성이 있는 사람으로 인식하고 바로 경제 프로젝트에서 당신을 배제시킬 수 있기 때문이다.

돈을 많이 벌었다거나 사업이 확장되어 내 세력이 하늘을 찌르는 세력으로 성장했다고 하더라도 나는 중국 정부 앞에서는 절대로 지역유지(地域有志)의 역할을 거부하여야

함을 명심해야 한다.

중국은 농촌 촌(村)의 지역 당서기(黨書記) 한 명까지도 공산당의 뜻에 의해 정해지는바, "나는 지역 권력에 순응하는 사람으로서, 지역질서를 어지럽히는 사람이 아니다"라는 것을 그들에게 나타냄으로써 나의 안정을 먼저 보장받아야 한다.

사람은 명성을 날리는 것을 두려워하고, 돼지는 힘이 넘치는 것을 두려워해야 한다.

내가 시장에서 어느 정도 자리를 잡으면 그때부터 나는 관(官)의 관리 대상이 된다.

돼지가 살이 찌면 언제 도살장으로 끌려가 잡혀 먹힐지 모르는 것과 같은 이치이다.

중국 정치세력을 견제할 수 있는 유일한 세력은 바로 경제, 민심의 방향으로 돈이 가는 것이 아니고, 돈의 방향으로 민심이 가는 것. 중국 정책만큼 돈이 많이 투자되는 곳이 없고, 중국의 정책만큼 돈의 흐름이 명확한 곳이 없다. 거상은 거상의 규모에 따라, 소상인은 소상인의 규모에 따라 정책과 연결된 사업이 있다. 작은 사업은 성실에 기대고, 큰 사업은 정치를 이해하라.

■ 중국 정부의 정책방향은 돈이 흘러가는 방향

나는 지금 대기업의 총수도 아니고, 세력도 없는데, 중국의 정치와 내 사업이 어떤 관계가 있단 말인가?

굳이 관심을 갖고 중국 정부와 친해질 필요성이 있겠는가? 하고 많은 사람들이 반문을 할 수도 있을 것이다.

그렇다면, 이제부터 당신이 왜 중국 정치와 깊은 관계를 맺고, 중국 정치 방향에 맞는 사업 계획을 설정하여야 하며, 그 관계가 한 상인을 어떻게 부자로 이끌 수 있는지, 상인과 중국 정책과의 관계를 알아보도록 하자.

중국 각 왕조(王朝)는 국가의 경제 상황이 가장 좋을 때 국가가 가장 부흥했고, 경제가 좋지 않을 때 패망의 길에 이르렀다.

원(元)나라가 그러했고, 명(明)나라가 그러했고, 청(淸)나라도 그러했다. 중국왕조의 쇠락(衰落)은 경제의 쇠락(衰落)과 늘 함께 시작된 것이다.

지금 중국정권이 내부적으로 많은 어려움을 갖고 있다는 사실은 아무도 부인할 수 없을 것이다.

.그렇다면 역사적인 교훈에 기대어 볼 때 중국이 현재 내부적으로 갖고 있는 많은 어려움을 극복하기 위해서 선택한 가장 좋은 방법은 무엇일까?

중국 정부가 강압(強壓)을 선택하였다고 생각한다면, 큰 오산(誤算)이다.

중국 정부는 영명(英明)한 경제정책을 통해 지속적인 경제발전을 이루고, 경제발전의 혜택이 국민들에게 널리 돌아가게 하는 것을 정권 안정의 최고 방법으로 선택하고 있다.

그렇다면, 중국 정부의 영명(英明)한 경제정책은 어떻게 결정되는가?

결론부터 말하자면 중국 경제전략은 중국에서 가장 머리 좋은 사람들이 중국 정부로부터 최대의 지원을 받아 만들어 낸 결과이며, 그 결과가 정책으로 흘러나와 국민들과 직접적인 관계를 맺고 있다고 보면 된다.

가장 머리 좋은 사람들이 모여서, 정부의 지원을 받아, 가장 많은 사람들에게 영향을 주기 위해 정책이 만들어진다.

그렇게 만들어진 정책 위에 정부의 예산과 에너지가 투입되고, 시장이 만들어 지는데, 어떻게 시장이 정책의 영향을 받지 않을 수 있겠고, 어떻게 시장이 변화하지 않을 수 있겠으며, 어떻게 정부가 시장을 떠날 수 있겠는가?

그렇기 때문에 다른 곳이라면 몰라도 중국에서는 일단 정책에 대한 비판보다는 정책을 연구하고 이해하는 것이 사업의 시작이라는 것을 기억하자.

중국은 사회주의경제체제이기 때문에 국가가 가장 많은 재산을 소유하면서, 이를 가장 많은 국민들이 활용할 수 있도록 하는데 이를 국유공유경제라고 한다.

중국에는 민간이 소유하고 경영하는 민영기업도 있지만, 국가가 소유하고 관(官)이 경영하는 공유경제의 범위가 매우 크기 때문에 공공예산 집행 이외에도 국가가 경영, 관리하는 기업수와 재무규모가 서구자본주의 국가와는 비교가 안될 만큼 많고 크다.

중국 시장은 이렇게 국가공유가 주(主)가 되고 개인민영이 보(補)가 되는 혼합된 경제 시장을 운영하는 특징을 갖고 있다.

그렇다면 시장이 만들어진 후 시장은 누가 운영하고 누가 리드(lead)하게 될까?

시장이 만들어진 후 시장을 리드하는 방법에는 두 가지 있다.

첫 번째는 민영태생(民營胎生)으로 주변의 변화가 인간의 마음을 변화시키고, 변화되는 인간의 마음이 세상을 변화시키는 것이다.

민영태생은 자본주의 국가의 가장 핵심적인 시장변화 방법으로, 진화된 상품이 시장에 등장하거나 기존에 없던 새로운 발명품이 시장에 등장하면서 이루어진다.

예를 들면 지능(知能)이 부착된 스마트폰(smart-phone)이 세상에 나오면서 우리의 삶과 스마트폰의 관계가 점진적으로 가까워지고, 그것과 연결되는 범위가 확대되면서, 종국(終局)에는 생활, 문화, 기업, 군사, 학문의 범위까지도 영향을 미치며 변화되는 경우이다.

두 번째는 정부태생(政府胎生)으로 시장에서 가장 힘이 강한 정부가 의도적으로 시장의 판도(版圖)를 바꾸는 것이다.

이 경우 정부는 정부 스스로가 창조한 시스템이나 발명품을 통해 시장의 변화를 주도하거나, 민영시장을 변화시키기 위한 모티브(motive)를 제공하는 방법을 활용하는데, 이

것이 바로 중국 정부의 방법이다.

자본주의 국가에서도 일부 사용하기는 하지만 중국에 비하면 그 힘은 늘 미약하다.

시장을 운영하고 리드하는 데 있어 중국시장은 자본주의 시장에 비해 이 정부태생의 변화가 강한 힘을 갖고 있다.

정부의 방향이 정책을 만들고, 그 정책에 따라 예산이 투입되고 경제정책이 집행되는데, 정부소유의 규모가 워낙 크기 때문에 정부가 시장의 방향을 주도할 수 있는 것이다.

따라서 중국에서 국가의 정책을 이해하고 있다는 것은 국가가 사용할 예산의 상세 항목을 이해하고 있는 것과 마찬가지이고, 상인의 입장에서는 정부 자체가 엄청난 소비 시장이 될 수 있기 때문에 소비시장을 예측하고 준비할 수 있다는 특징을 갖는다.

그런데 중국 정부가 시장을 주도하는 목적은 무엇일까? 중국 정부가 시장을 주도하는 목적은 오직 딱 하나인데 바로 경기의 호전이다.

중국 공산당은 1949년부터 지금까지 한순간도 정권을 내주지 않고 변화 없는 단독집권을 하고 있는데, 단독 집권의 비결을 한마디로 말하자면 경제의 지속적인 발전이다.

정부주도의 정책이 오늘의 경제 발전을 이끈 것이다.

마오쩌둥(毛澤東) 집권 시기에 대약진운동(大躍進運動)과 문화혁명(文化革命) 같은 정책이 추진되면서, 국가경제가 큰 어려움에 처하는 시기도 있었다.

그 시기 물자는 부족하고, 경제는 후퇴하면서 아사자(餓死者)가 속출하고 국가경제는 대단히 어려운 시기로 접어들었다.

그러나 이 시기는 중국 사회주의 초기 시절이었기 때문에 정신적 자성과 정치적 숙청을 통해 정권의 위기를 넘길 수 있었다.

그렇다면, 중국사회가 지금도 사회주의의 오류에서 발생하는 경제적 어려움을 용납할 수 있을까? 현재의 중국은 절대로 경제적 어려움을 용납할 수 없다.

1978년부터 개혁개방을 통해 덩샤오핑(鄧小平)이 새로운 경제발전 동력을 추진하게 되면서, 움츠리고 있던 중국 경제는 순식간에 활화산처럼 타오르게 되었고, 일정한 시간이 지나 사회주의 초기 단계를 이미 지난 중국은 더 이상의 경제적 어려움은 절대로 용납을 할 수 없는 단계에 이르게 되었다.

따라서 중국의 경제발전은 국가 주도의 방향설정과 국가 주도의 리드경제(lead economy)이며, 항상 국가가 먼저 시장 변화를 추진하고 변화를 주도하게 된다.

더 나아가 다른 나라처럼 선거를 통한 정권의 변화 및 야당에 의한 정권 압박이 없는 중국은 오직 경제발전만을 통해 국민들에게 잘 먹고 잘살 수 있다는 중국의 꿈(中國夢)을 심어주고, 정책을 통해 경제적 빈부 차를 해결하며, 그 과정에서 정부가 함께 하고 있다는 것을 국민들에게 알리는 것이 중국 정부의 핵심 철학이다.

중국 정부가 추진하는 모든 정책은 공산당이 집권하는 전제하에서 추진되는 것이고, 정책의 모든 핵심은 경제발전을 위한 방안(方案)이 되며. 정권을 공고히 하는 최고의 실천은 예산사용이 되는 것이다.

따라서 중국의 정책을 이해하고 따라잡는 것은 정치적 구호를 공부하는 것이 아니고, 중국에서 사용되는 돈의 흐름을 볼 수 있는 것이며, 돈의 사용처가 매우 명확하게 나타날 수 있기 때문에 상인들에게 있어서는 최고의 재무정보(financial information)가 되는 것이다.

1990년대부터 중국의 토지 제도가 변화되면서 국가가 독점하던 국유토지의 매매(법률적으로는 장기임대)가 가능하게 된다.

정부는 기업에게 토지를 판매(법률적으로는 장기 임대)하여 세수(稅收)를 증대하였고, 기업은 국가가 독점하던 토지를 구매할 수 있게 되었다.

그렇다면 기업은 국가에게 큰 돈을 주고 구매한 토지를 어떠한 방법으로 가치의 상승을 이끌었고, 어떠한 제품을 생산하면서 경제활동을 이끌었을까?

중국 정부가 추진한 토지정책의 변화는 기업의 시장참여와 시장의 변화를 이끌었고, 기업들은 변화된 시장에 아파트(apartment)를 출시하면서 시장에서 대히트(great hit)를 치게 된다.

기업이 출시한 아파트는 중국인들의 생활을 변화시켰고, 아파트를 매개로한 산업들이 급속도로 발전하기 시작한 것이다.

국가가 국민들에게 직접 거주지를 제공하던 직접 제공정책이 간접 거주지 제공으로 변화하면서, 국민은 거주안정이라는 새로운 어려움을 만나게 된다.

그러자 중국은 예산을 사용하여 국민들이 직접 처하게 되는 어려움을 극복하기로 하는데, 중국 정부는 어디에 어떻게 돈을 써서 국민의 주거 안정을 유도할 수 있었을까?

중국 정부는 아파트 구매자들을 상대로 대출을 확대한다.

중국 정부는 국민들이 아파트를 사는 조건으로 신구(新舊) 모든 세대에게 돈을 빌려 주었고, 국민들은 아파트를 구매하는 조건으로 국가로부터 돈을 빌렸으니, 중국인들은 당연히 그 돈을 무조건 아파트 구매에 투자하였다.

그러자 중국이 새로 부딪힌 거주환경에 관한 문제는 자연스럽게 새로운 형태로 변화하기 시작하였다.

아파트 구매가 늘어나니 토목건축시장이 급속하게 확대되었고, 새로운 거주지를 맞이하게 되니 인테리어와 가전제품이 호황을 맞이하였으며, 직장인들은 거주목적이든 투자목적이든 은행에서 빌려주는 돈을 그대로 아파트에 재투자하는 길이 만들어지게 된 것이다.

토지를 확보한 기업들은 아파트를 건축하여, 시장에 거주 목적의 아파트 공급을 계속해서 늘렸고, 정부는 국민들의 거주 안정을 위해 주택 구매자들에게 저금리로 아파트 가격의 80%까지 대출을 해주며 주택 구매를 돕는데, 어찌 아파트, 부동산 산업이 불황일 수 있겠는가?

중국 정부가 국민들의 아파트 구입을 조건으로 대출을 늘린 이러한 정책은 중국 정부가 건축, 인테리어, 가전(家電), 중개, 은행업 등 부동산 및 부동산 관련 산업에 집중적으로 국가 돈을 투자하고 발전시키겠다는 강한 의지를 전 세계에 통보한 셈이었다.

만약 당신이라면, 양말 공장을 설립하겠는가? 부동산을 구매하겠는가? 어느 분야에 투자해야 기업의 이윤을 극대화할 수 있겠는가?

이 시기 중국 부동산 관련 업종에 투자한 상인들은 역사상 유래 없는 큰 이윤을 보게 되는데, 지금 활동하고 있는 중국의 부호(富豪)들도 바로 이 시기 대거 등장을 하게 되었다고 보면 된다.

그러자 많은 사람들이 중국의 이러한 경제발전 방식에

문제제기를 하며 걱정을 하기 시작하였다.

그러나 중국 정부는 갖고 있는 모든 것을 동원해서 총력을 다 하였다. 일부 어려움이 있고, 국부적(局部的)으로 나타나는 모든 후유증을 피할 수는 없었지만, 발전이라고 하는 큰 흐름 속에서 경제발전 정책은 지속적으로 추진될 수밖에 없었다.

정부는 정책을 통해 돈의 흐름을 모든 사람에게 알린 것이다. 그러나 이 시기 부를 축적한 상인도 있고, 그렇지 못한 상인도 있다. 어디서 판가름이 난 것일까?

중국 정책에 대한 이해 여부 또는 이해 부족 여부가 가장 큰 분수령이 되었던 것이다.

시간이 지나 중국 경제의 고속발전이 주춤해지면서 중국의 정책 방향은 새로운 구도로 변화된다. 고속 성장을 하던 중국 경제가 어느 순간부터 주춤해지기 시작한 것이다.

중국 경제가 주춤해지는 원인을 중국 정부는 어디서 판단하였을까? 과잉공급(過剩供給)으로 진단한 것이다.

그렇다면 중국이 선택한 정책은 무엇일까?

중국 정부의 정책이 일사천리로 새롭게 펼쳐진다. 중국 정부는 기업들을 상대로 공급조정을 요구하는데, 공장에서 물건을 제조하던 기업들이 세계적인 경쟁력을 갖추도록 이끌고, 그 흐름에 못 미치는 기업들은 생산을 과감하게 포기하게 하면서, 새로운 산업으로 유도하는 것이다.

이른바 서비스, 환경, 로봇, 금융 등의 산업으로 집중적인 구조전환을 유도하여 새로운 경쟁력을 갖추도록 하고 있는데, 당연히 이러한 변화 가운데 발생하는 구조조정의 아픔은 피할 수 없었다.

그렇다면, 중국 정부는 구조전환 과정에서 부딪히게 되는 이 아픔을 어떻게 해결할까?

중국은 중국스타일(style)로 플랫폼을 만들고 예산을 투입하여 해결할 것이다.

중국 정부는 앞서 제시한 정책에 따라 서비스, 환경, 로봇, IT, 금융과 같은 분야로 집중적인 투자를 진행할 것이고, 정부는 이 분야를 중심으로 산업을 발전시켜 중국의 지속적인 경제 동력으로 삼을 것이다.

시장 구축을 위해 중국 정부의 엄청난 예산이 투입될 것이고, 시장 활성화와 유지를 위해 엄청난 보조금이 지급될 것이며, 이 분야의 소비촉진을 위한 체계적인 법률이 등장할 것이다.

당신이 만약 거상을 꿈꾸는 상인이라면, 어느 업종에 투자를 하고, 어느 업종과 접목을 해야 하며, 어느 업종의 사람들과 관계성을 높여야 할까?

정부가 기업을 상대로 한 직간접 지원금 지급을 확대하고, 정부가 시장을 리드(lead)하면서 시장을 키울 것이기 때문에 이 분야에 대한 투자나 창업이 진행되면 틀림없다고 생각하면 된다.

더 나아가 혹시라도 주식을 통한 기업투자를 생각 한다면, 미시적인 항목을 선정할 수는 없겠으나, 중국 정부가 주도하는 산업 분야와 연관되어 있는 산업을 보면 틀림없다.

중국 정부가 전 세계를 상대로 공개적으로 공표한 자료이것만, 이를 어떻게 받아들이느냐에 따라 상업의 방향과 결과가 달라질 수 있는 것이다.

특별한 내부 비공개 자료를 갖고 움직이거나, 시장을 완전 잠식할 정도의 자본 규모가 아니라면, 중국 정부의 정책을 연구하고 그 방향으로 사업방향을 설정하라. 거시적 (macroscopic) 분야에서 분명한 사업의 확신이 설 것이다.

그리고 이를 다시 지역특성과 기업 간 특수성 등을 살려 연구를 해보면, 미시적(microscopic) 투자 분야도 확신할 수 있을 것이다.

그렇다면 향후 중국 산업은 어떠한 변화를 맞이할까?

산업별 발전 단계에 따라 시장이 변화하겠지만, 중국 예산이 투입되는 항목을 바라보면 변화를 전망할 수 있다.

예를 들면 중국 예산이 집중 투입되고 있는 환경, 로봇, 신농업(新農業), 실버산업과 같은 분야가 향후 중국 정부가 주목하고 있는 산업 분야로 보면 된다.

지금 자가용비행기를 타고 여행을 다니는 중국부호들이 부동산시장을 플랫폼(platform)으로 하여 등장할 수 있었다면, 전 세계를 상대로 중국 경제의 리드를 느끼게 해줄 중국의 부호(富豪)들은 환경, 로봇, 신농업(新農業), 실버산업 분야에서 등장할 것이다.

왜냐하면, 지금 중국이 이 분야에 엄청난 예산을 투입하고 있기 때문이다.

중국 정부와 산업 간의 관계가 이러한데, 내가 아무리 작고, 영세하다고 하더라도 어찌 중국 정부의 정책에 등을 돌리고 무관심 할 수 있겠는가!

「중국에서는 정치를 모르면 상업을 성공할 수 없고, 정부와 가까워야 성공할 수 있다」는 말은, 절대적인 경제권력을 통해 시장을 운영하는 중국 정부의 정책을 잘 이해하여야 돈의 흐름을 볼 수 있고, 사업을 성공할 수 있다는 의미이다.

시장을 선택할 때 중국의 정책을 예측하고 한 단계 앞서 갈 수 있다면, 그보다 성공가능성이 큰 경우의 수는 없을 것이다.

그러나 정책보다 한 단계 늦게 간다고 해도 걱정할 필요는 없다.

중국 정부의 투자 매커니즘(mechanism)으로 볼 때, 현재의 정책을 잘 쫓아 이해하면서 분석만 해도, 활기찬 시장에 올라타는 것은 얼마든지 가능하기 때문이다.

사업과 정치의 연관 관계가 대기업이나 대기업 총수들에게만 관련이 있는 것이 아니다.

왜냐하면, 거상은 <u>거상의 규모에 따라,</u> 소상인은 소상인의 <u>규모에 따라</u> 정책과 연결된 사업이 반드시 있기 때문이다.

■ 민심의 방향으로 돈이 가는 것이 아니고, 돈의 방향으로 민심이 가는 것

마지막으로 중국 정치의 몇몇 특성을 통해 중국 정치와 돈과의 관계구도가 어떻게 형성되고 움직이는지 상인의 관점에서 살펴보도록 하자.

첫째, 중국 정치는 절대적인 강제성을 띠고 있다.

다른 나라의 정치가 선거 등을 통한 선택적 요소와 이로 인한 견제의 요소를 갖고 움직이는 것에 반해, 중국 정치는 절대적인 강제성을 띠고 있기 때문에 중국 정치는 그 누구로부터도 평가를 받지 않는다.

그래서 중국정치는 견제가 아니라 늘 개혁과 변화를 추구하지만 개혁과 변화의 범위는 늘 당내(黨內) 개혁이고 당내 변화이다.

당내 개혁과 당내 변화만으로도 개혁이 가능한 이유는

그만큼 중국정치는 절대적인 강제적 메커니즘(mechanism)을 갖고 있기 때문에 가능한 일이다.

둘째, 중국 정치는 지속성을 갖는다. 정책이 일단 결정되고, 시행되기 시작하면, 결과를 볼 때까지 정책은 지속된다.

특별한 오류(誤謬)가 지적되지 않는다면, 정책에 대한 중간 평가는 없다.

설사 중간평가가 있다고 하더라도 중간평가에 대한 심사 결과는 무조건 계획에 따라 잘 진행되고 있는 것이 정답이다.

결과를 볼 때까지 정책은 지속되며, 심지어는 결과를 정해놓고 정책이 추진되는 경우도 있다.

마지막으로 중국 정치가 바라보는 경제정책의 방향은 늘 향민심(向民心)의 방향을 갖고 있다.

중국 정치는 이미 보장되어 있기 때문에 정치분야에 대한 별도의 평가를 받을 필요가 없다.

따라서 모든 평가는 중국 전 국민에게 해당되는 경제를 통해서만 받는다.

중국 정부가 발표하고 추진하는 모든 정책과 제도는 항

상 민심으로 향해져 있고, 민심은 경제 발전을 통해 안정이 되는 것이기 때문에 중국 정부의 정책은 상업과 직접 연결이 되어 있다는 것을 기억해야 한다.

중국의 이러한 정치적 특징은 무소불위(無所不爲)의 권력을 의미하는 것이 아니라, 현재의 공산당이라고 하는 집권당의 당내(黨內) 견제 정치를 의미하는 것이다. (※여기서는 중국의 정치 구조가 아니라 정치를 통해 펼쳐지는 경제와의 관계만 언급하도록 한다.)

경제의 운용 방법을 결정하는 이러한 중국의 정치 구조를 상인의 관점에서 본다면, 중국의 정책만큼 돈이 많이 투자되는 곳이 없고, 중국의 정책만큼 돈의 흐름이 명확한 곳이 없다.

중국의 정치와 경제구조가 이러할 진데 중국의 정치를 모르고 어찌 중국의 경제를 논의할 수 있으며, 중국의 정책을 모르고 어찌 거상(巨商)의 길을 걸어갈 수 있단 말인가!

아직도 중국 정치와 경제와의 관계를 관(官)과 상(商)이 유착하는 정경유착(政經癒着) 정도로만 보고 있다면 당신은 아직도 함정에서 빠져나오지 못한 것이다.

만약 그런 가르침에 제한되어 있다면, 많이 아쉽더라도, 정치에 대한 정확한 공부를 마칠 때 까지 거상(巨商)이 되는 꿈은 잠시 접어두어야 할 것이다.

작은 사업은 성실로 이룰 수 있지만, 큰 사업은 정책과 함께 가야 이룰 수 있을 것이다.

소사업(小事業)은 고성실개시(靠誠實開始)요, 대사업(大事業)은 이해정치개시(理解政治開始)라.

작은 사업은 자신의 성실에 기대어 시작할 수 있지만, 큰 사업은 정치를 이해함으로써 시작이 가능 하느니라.

▌**박종상**(朴鍾相, Park, Jongsang)

1973년 서울 출생. 신림고등학교 졸업 후 중국 다롄동북재경(大連東北財經)
대학에서 국제경제를 전공하고, 랴오닝(遼寧)대학 법학대학원에서 경제법을
전공하여 석사와 박사 과정을 수학하였으며, 랴오닝대학에서 법학박사 학위를
취득하였다.
주요 연구 분야는 중국 토지제도와 부동산 분야이며, 주요 저서와 논문으로는
「CEO들이 챙겨보는 중국토지법 이얼싼」, 「중국을 움직이는 기업들1 – 중국
동북3성편」(공저), 「동북3성 투자 및 생활법률 길라잡이」(공저), 「한국과 중국
연변조선족자치주 경제협력과 향후 발전방안」(공저), 「한중(韓中) 농경지 이용
제도 비교연구」, 「외자기업 시각에서 보는 중국부동산 법률분석」 등이 있다.
주선양총영사관 전문연구원을 거쳐 현재 주칭다오총영사관 선임연구원으로
근무 중이다.

자본을 만드는 중국의 상인

2018년 6월 25일 초판 1쇄 발행

기　획 : ㈜탄탄글로벌네트워크
저　자 : 박종상
펴낸이 : 김병환
펴낸곳 : 학자원
주　소 : 서울시 강동구 천호대로 1121
전　화 : 02) 6403-1000
팩　스 : 02) 6338-1001
E-mail : hakjaone@daum.net
등　록 : 2011년 3월 24일 제2011-14호

ISBN 979-11-6247-073-2 03820
값 13,000원